「おはよう……これ何……？」
眠たげな声と共に現れたのは、
金髪碧眼でフリルを多用した服を着る、
人形のような少女。
神々は久しぶりに彼女の姿を見たが、
その態度がいつもと変わらないことに、
少しだけ安堵した。
神達に拾われた男 13

「スライムに乗って移動するなんて考えたこともなかったけど、
慣れると案外悪くないわね」

困難な道の移動は――――
エンペラースカベンジャースライムにお任せ!?

「一体何故、こんな状態に？」
「それはもちろん、リョウマちゃんが反則負けになったからでしょ。
それより、男の子ならもっと喜んでもいいと思うのだけど？」

神達に拾われた男

13

The man picked up by the gods

Roy

CONTENTS 13
The man picked up by the gods

illustrator：りりんら

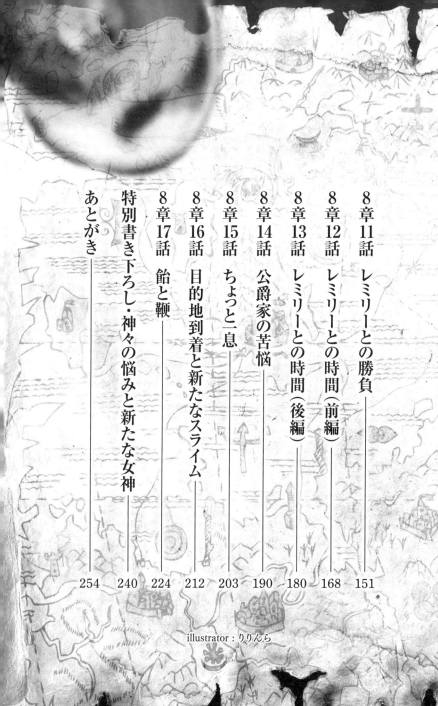

8章1話
終わりは始まり

公爵《こうしやく》夫妻がギムルの街を訪《おとず》れてから、ギムルの街の復興は加速度的に進んだ。
徐々《じよじよ》に他《ほか》の街からの物資も届くようになり、1月が終わる頃《ころ》には厳しい冬も過ぎ去って、毎日のように降り積もっていた雪が解ける。それにより滞《とどこお》りがちだった街道《かいどう》の行き来が活発になり、流通も回復した。

その頃になると、俺《おれ》が復興の手伝いをする必要はほとんどなく、冒険者《ぼうけんしや》として街の近くでできる討伐依頼《とうばついらい》をこなしながら、事業移管に関する各種手続きを進めた。

警備会社は俺の手から離《はな》れ、以前から決めていた通り、公爵家が管理する。雇《やと》われていた人員は、ほぼ半分が給金を持って故郷に帰り、残る半分は公爵家で雇用《こよう》するか、新しい働き口を紹介《しようかい》してくれるだろう。

警備会社に併設《へいせつ》されていた病院も同じく、公爵家にお任せしたけれど、こちらは職場に被害《ひがい》が出ていた医療《いりよう》従事者の方々に場所を提供する形で運営を継続《けいぞく》中。マフラール先生や研修医の4人とも交流し、共に勉強や研究をしながら働いているので、だんだんと大学病院のようになりつつある。

洗濯屋《せんたくや》・バンブーフォレストはまだ俺が権利を握《にぎ》っているけれど、元副店長として俺の補佐《ほさ》をしてくれていたカルムさんに店長の座を委譲《いじょう》。経営は完全に委託《いたく》する形にして、俺はオーナー兼《けん》、新設した〝営業部〟の部長の座に就《つ》いた。

営業部長としての仕事は様々な街を渡《わた》り歩き、次の支店の予定地を見つけること。また、バンブーフォレストの顧客《こきゃく》を獲得《かくとく》するために、どのようにお客様にアプローチしていくかを考え、カルムさんと相談すること。

……ぶっちゃけて言えば、冒険者活動のついでに行った街を見て回り、良さそうな場所の情報や思いついたことを、ギムルに帰った時に報告するだけだ。これまでよりも自由度が高くなるだけで、俺のやることに変化はない。

なお、ゴミ処理場や建築関係、食堂やホテルなど、色々と手を出していた事業も、店長のできる人を雇って経営を任せてある。例の件で被害を受けた人の中には、自分の店を失った経営者も少なくなかったので、そういう方々から希望者を募《つの》ることができた。災《わざわ》い転じてなんとやら……というと少々不謹慎《ふきんしん》かもしれないが、お互《たが》いに助かる形で話がまとめられたと思う。

あとは、公爵家の技師になったことで、俺への信用も上がったのだろう。求人には経営者だけでなく、そのお店で働いていた従業員、警備会社やテイマーギルド所属の従魔術師《じゅうまじゅつし》からも、沢山《たくさん》の人が応募《おうぼ》してくれた。

手続きよりも面接のほうが大変になったけれど、おかげで細々とやっていたお店は全《すべ》て委託できたし、洗濯屋の従業員も増やせた。今は〝経理部〟、〝接客部〟、〝警備部〟、〝スライム管理部〟に分けて新人教育中。今回雇い入れた方々は経営や接客の経験者が多いので、最初から手際《てぎわ》のいい人もいて、仕事も教えやすいみたいだ。

ちなみに指導担当はギムル本店の方々と、支店長候補として雇用していた元スライム研究者の３人。丁度いい時にレナフの街の支店から、彼《かれ》らが〝一通りの教育を終え、店を任せられると判断した〟との連絡《れんらく》を受けたので、この機会に戻《もど》ってきてもらい、それぞれに新たな支店と新人教育の一部を任せた。

彼らの下でうちの店のやり方を覚えてもらい、信用できるとカルムさんが判断した暁《あかつき》には、彼らの中から新たな支店を任せる人材が出てくることだろう。

もちろん、本人にその気がなければ強制はしない。失った店を建て直すため、あるいは生活や独立のための資金稼《かせ》ぎと割り切って働くのであれば、それはその人の自由だ。故意に店や従業員に損害を与《あた》えたり、クリーナースライムを盗《ぬす》んだりしないのであれば、好きにすればいい。

資金面については、俺の技師就任や事業移管に伴《ともな》って、公爵家からの補填《ほてん》金や研究費といった形で少しずつ、これまでの出費総額以上の金銭をいただくことになっているので、潤沢《じゅんたく》である。この状況《じょうきょう》に甘《あま》んじているようではいけないけれど、心配する必要もない。

……そんなこんなで２ヶ月が過ぎた頃からは本格的に、冒険者活動に専念。リムールバードと従魔《じゅうま》を目印にした長距離《ちょうきょり》転移魔《ま》法《ほう》を活用し、手《て》当《あ》たり次《し》第《だい》に依《い》頼《らい》を処理した。また、討伐依頼には複数人でなければ受注できないものもあったので、そういう時には手の空いている誰《だれ》かと一時的にパーティーを組んだ。

一番多いのは、店の従業員で都合がつけやすく、冒険者資格を所持していたフェイさんとユーダムさん。次に、なんだかんだで交流が続いている若手の元不良冒険者集団。街の近くでの仕事では、ミーヤさん達《たち》とも時々一緒《いっしょ》に仕事をしている。

そんな風に、ひたすらランク上げに勤《いそ》しむ日々を送り……３ヶ月が経過した、今日。

「依頼の完遂《かんすい》を確認《かくにん》しました。これをもちまして、リョウマ・タケバヤシ様は昇級《しょうきゅう》試験に合格、Cランク冒険者となります。おめでとうございます」

「ありがとうございます」

旅の途中《とちゅう》で昇級条件を満たし、試験を受けてとうとうCランクになれた。

しかし、その弊害《へいがい》として、ちょっとした問題も発生している。

「念のための確認ですが、これは正当な手続きと冒険者ギルドの判断によるものですよね？」

「もちろんです。タケバヤシ様は依頼《いらい》達成、魔獣《まじゅう》や盗賊《とうぞく》の討伐《とうばつ》が多くはありますが、規定以上の実績があります。また、先日の一次試験、そして二次試験となる今回の依頼を達成していますので、昇級は正当なものと判断いたしました。

先日の件は、大変申し訳――」

「ああ、謝罪を要求するつもりはありません。疑わしく思われた理由そのものは、まったく理解できないとは言いませんから。しかし、一方的に不正と決め付け〝拘留《こうりゅう》〟や〝冒険者資格を剥奪《はくだつ》する〟という話をされたのも事実。昇級の後から難癖《なんくせ》をつけられるとこちらも困りますし、そうなってしまえばその時こそ、身を守るために公爵家の権力を頼《たよ》らざるを得ない事態になるでしょう。ですからそこだけは、お互いのためにはっきりさせておきたいと考えた次第です。ここにいる皆様《みなさま》を訴《うった》えようという意図もありません」

青い顔で頭を下げようとした受付嬢《うけつけじょう》の言葉を遮《さえぎ》る形になってしまったけれど、手続きを担当していた受付の女性だけでなく、その様子をうかがっていた他の職員や冒険者達も安心したようだ。おかげで、俺が入ってきてから張り詰《つ》めていた空気が、少しだけ和《やわ》らいだ。

「では、ギルドカードの更新《こうしん》をいたします。少々お待ちください」

担当の女性が、俺のカードを持って奥《おく》の部屋に向かう。手持《ても》ち無沙汰《ぶさた》になったので、ちょっと周囲に目を向けてみれば、

「！」

「おい、何だよこの空気。あのガキが何か難癖でもつけて――」

「馬鹿《ばか》っ、下手なことを言うなっ」

一部、俺が最初にこのギルドに来た時のことを知らない人を除いて、ほとんどの人が俺から目を背《そむ》けてしまう。こんな状況になるまでの流れを3行でまとめると……
・俺が〝全力で〟頑張《がんば》る。
・討伐の速さと量から、受付で不正を疑われる。
・聞いていた冒険者がその時、または後に絡《から》んできて実力行使。
大体こんな感じだ。今回絡んできたのはちょっと頭の固いギルドマスターと、その息のかかった嫌味《いやみ》な試験官。あとは、晒《さら》し者にするような一次試験で〝実力を見せろ〟と言われたので、かなり目立って話が大きくなってしまったけれど、内容的には似たり寄ったり。

まさか、今頃《いまごろ》になってこんな異世界テンプレイベントが発生するとは思わなかったけど、本気でランク上げを始めてから……何回目だろう？　ギルド内では2桁《けた》はいっていないはずだから、8回目くらいか。何にせよ、最近はよくある。

正直なところ、居心地《いごこち》は良くないけど、別にこっちから喧嘩《けんか》を売ったわけでもないし、穏便《おんびん》に解決しようと過度に気を使う必要もないので、気分的には楽な部分も多い。だいたいそんな話になるのは、俺のことがあまり知られていない場所だけで、ギムルの街やその周辺ではまったく疑われない。

それどころか、最近は俺のことを〝掃除屋《そうじや》〟なんて呼ぶ人まで出てきた。有名になると容姿や活躍《かつやく》にちなんだ異名で呼ばれることがある、という話は聞いていたけれど、俺の場合は洗濯屋の経営に、清掃《せいそう》系の依頼をよく受けていることが由来らしい。

しかし、冒険者やギルドの職員といった、俺の戦闘《せんとう》能力や討伐依頼の実績を知っている人は〝魔獣や盗賊を始末して綺麗《きれい》に消し去る〟という、どこかの仕事人のような意味も込《こ》めて呼んでいるのだとか……

なんだか恥《は》ずかしい気もするけれど、実力を認めてくれているということには違《ちが》いない。そう考えれば、今の生活は〝順調〟と言っていいだろう。

「お待たせいたしました」

受付の女性が戻ってきて、俺のギルドカードが返却《へんきゃく》される。……偽物《にせもの》を渡して偽造《ぎぞう》の罪で逮捕《たいほ》させる、なんてことはないだろうけど、一応内容を確認。とりあえず、見て分かる範囲《はんい》での問題はなさそうだ。まぁ、そんな企《たくら》みがあったとして、パッと見で分かるようでは意味がないだろうけど……

「あの、何か不備がございましたでしょうか……」

「いえ、Cランクになった事実を噛《か》み締《し》めていただけですよ。ありがとうございました。それでは失礼致《いた》します」

別に恨《うら》みはないし、謝罪を要求するつもりはないが、信用できるとは思わない。だから、念のために警戒《けいかい》をしているだけだ。

おずおずと聞いてくる受付の人にはお礼を言って、ギルドを後にする。そのまま空間魔法で街の門まで転移して街を出たら、さらに事前に送り出していたリムールバード達の所へ。

「お？　ここは……もしかして次の街の近くか。結構、遠くまで到達《とうたつ》してたんだ。やっぱり速いなぁ」

『ピロロロロロ!!』

現在地は高い岩山の中腹といったところだろう。殺風景な山道の先、切り立った崖《がけ》の向こうに見える街の外壁《がいへき》を眺《なが》めながら言えば、リムールバード達が〝どんなもんだ〟と言うように、高らかに鳴き始めた。

実際、彼らの機動力は大したものだ。聞いた話では、次の街はこの国の最西端。言ってしまえば辺境であり、その道程は高低差の激しい山を3つ越《こ》えなくてはならない。そのため、陸路であれば急いでも3日はかかるらしい。

空を飛べば地形を無視できるとはいえ、彼らを送り出したのはほんの数時間前。この数時間で3日以上の距離《きょり》を移動したのだ。今回のランク上げのような、急いでいる時にはとても助かる。

この様子なら、仮に追手がかけられていたとしても、振《ふ》り切ることができただろうし……この距離ならゆっくり歩いても、日が暮れる前には最西端の街・テレッサにたどり着けるだろう。

多少のいざこざはあったけれど、Cランクにもなれたことだし、大樹海まではあともう一息。頑張っていこう！

8章2話　再会と出会い

殺風景な景色を見ながら、山道を歩き続けること数時間。岩だらけで緑の少ない景色に飽《あ》きる頃、テレッサの街に到着《とうちゃく》した。今日はこの街で1泊《ぱく》するか。問題は宿をとるか、それともディメンションホームで寝泊《ねと》まりするかだ。

空間魔法のディメンションホーム、その中に広がる空間は今や、日々の拡張とスライム達によって〝広い庭付きの家〟と呼べる状態になっている。そのため、下手な宿に泊《と》まるよりよほど快適だ。

しかし、せっかく遠出をしたのだから、現地の宿に泊まってみるのも悪くない……まずは少し街を歩いてみるか。どこかで腹ごしらえをして、それから決めても遅《おそ》くはないだろう。

そんなことを考えながら街に入り、ブラブラと歩いていると、ふと1台の馬車が目に留まる。

「ん？　これって……」

そこは、ちょっとお高めの宿のようだ。その隣《となり》には、専用の馬車置き場が併設されている。俺のいる道路からは、高い鉄の柵《さく》で隔《へだ》てられているけれど……見間違《みまちが》いかと思い、柵に近づいてもう一度見てみるが、見間違いではなかった。

停められていた馬車の側面には、俺がお世話になっているジャミール公爵家の紋章《もんしょう》が描《えが》かれている。それもおそらく、先日乗せていただいたものとは違い、俺が初めてガナの森から出た時に乗った馬車だ。

何でこんなところに？　あれは確か、セバスさんがディメンションホームに出し入れしていたはず。ということは、セバスさんがここにいるのか？　いや、家の馬車だし別の誰かかもしれないけど……ッ！

「あら、気づかれちゃった」

背後に気配を感じて振り向けば、眼鏡をかけた褐色肌《かっしょくはだ》の女性が、肩《かた》まである銀髪《ぎんぱつ》を風になびかせながら、楽しそうな笑顔《えがお》を浮《う》かべて立っていた。俺と彼女《かのじょ》の距離は３ｍ程《ほど》しかない。こんなに接近されるまで、気づけなかった。

「あなた、随分《ずいぶん》とカンが良いのね」

「……あなたは、どちら様でしょうか？」

「あら、警戒させちゃったかしら。ごめんなさいね、ちょっと驚《おどろ》かそうとしただけなのよ。

その馬車を熱心に見てるものだから、何してるのかなーと思いながら見ていたら、ちょっとした悪戯《いたずら》心がね」

　確かに、敵意はなさそうだけど……

「レミリー様、こちらにおられましたか」

　ここで、後ろから聞き覚えのある男性の声が聞こえた。振り向いてみれば、

「昼食の用意が……おや？　もしや、リョウマ様では？」

「セバスさん！」

「えっ？　セバスちゃんの知り合いなの？」

　セバスちゃん？　それに今、セバスさんはこの人に声をかけた。……どうやらこの女性はセバスさんの知り合いらしい。なら、とりあえずは大丈夫《だいじょうぶ》かな？

「レミリー様、彼は我々の友人でございます。まさかこのような場所で再会するとは思ってもみませんでしたが」

「友人？　我々って事はセバスちゃんだけじゃなくて、ラインバッハちゃんとも？　へぇ……」

　とりあえずは大丈夫そうだけど、この女性、本当に誰なんだ？　まだかなり若く20代、下手したら10代後半位の容姿にしか見えないのに、セバスさんやラインバッハ様をちゃん

付け。この人の素性《すじょう》が分からない……にしても、改めて見ると本当に美人だな。

　身長は今の俺よりは高いが、成人女性としては小《こ》柄《がら》な方か？　着ているローブの前が開いているのでスタイルが良い事も分かる。胸部には身長に対して少々不《ふ》釣合《つりあ》いにも思える膨《ふく》らみがあり、腰《こし》が細い。地球の雑誌に載《の》っていたグラビアアイドルの様な体型。

　健康的ではあるが、戦うために鍛《きた》えられている様には見えない体つきからすると、武器で戦うタイプではないと思われる。でも身軽ではありそうだ。

「さっきは驚かせちゃってごめんなさいね、私はレミリー・クレミス。魔《ま》法使《ほうつか》いよ」

「申《もう》し遅《おく》れました、リョウマ・タケバヤシと申します」

「お二人とも、お互いに色々と聞きたいこともあると思いますので、場所を移してはいかがでしょうか？」

「そうね。リョウマ君も良いかしら？」

「はい。問題ありません」

　セバスさんが居るし、とりあえずはついて行こう。しかし、本当に何でこんなところにセバスさんが居るんだ？　いや、ラインバッハ様が居るのなら、付き添《そ》いか。

■■■

セバスさんについて行くと、目の前にあった宿の一室まで案内された。部屋の前でセバスさんが扉《とびら》をノックをしようとするが……それに先んじて、レミリーと名乗った女性が扉を開け、俺の手を引いて部屋の中に入ってしまう。

「ラインバッハちゃん、お客様よー」

「ちょっ、と、お久しぶりです」

部屋に入ると、去年と変わらずお元気そうなラインバッハ様が目に入ったので、戸《と》惑《まど》いながらも挨拶《あいさつ》する。室内にはもう1人、ラインバッハ様と同年代の男性がいて、2人はソファーで寛《くつろ》ぎながら何かを話していたのだろう。2人とも、突然《とつぜん》入ってきた俺達《おれたち》に目を瞬《まばた》かせている。

「リョウマ君か？　ギムルで別れた時より少し背が伸《の》びたかのぅ。しかし、何故《なぜ》ここに？」

「たまたま修行《しゅぎょう》に来ていたんです。そうしたら公爵家の馬車を見かけて、驚いていたところに……」

つい視線がレミリーさんの方に向いてしまう。するとそれを追って、ラインバッハ様ともう1人の男性の視線もレミリーさんに向かう。視線が集まった事でレミリーさんが、色々端折《はしょ》って非常に簡単な説明をした。

「この子がラインバッハちゃん達の知り合いみたいだったから、連れてきたのよ」

無論、それで話が理解できるはずもなく、互いの自己紹介《しょうかい》の後に、俺とラインバッハ様の関係やここにいる理由を説明し合うことになった。そうして聞いた話によると、どうやらラインバッハ様は友人との旅行中だったらしく、セバスさんは予想の通り、その付き添いだそうだ。

「そうだ、昨年末の話は聞いている。我々が生んだ禍根《かこん》を、その後始末を押《お》し付けてしまったこと、申し訳なく思うと共に、感謝している。息子《むすこ》夫婦《ふうふ》に協力してくれて、本当にありがとう」

その言葉の前半には、深い悲しみと苦慮《くりょ》。後半には純粋《じゅんすい》な感謝を感じた。ラインバッハ様がどれほどの思いを抱《かか》えていたのか、それは俺には理解できない。しかし、思《おも》い悩《なや》んでいたのだろう。

ラインバッハ様は、既《すで》に息子《むすこ》のラインハルトさんに公爵家当主の座を譲《ゆず》り、引退した身である。そのため、領内で起きた問題への対処は、現当主であるラインハルトさんが主体となって行わなければならない。

たとえ事の発端《ほったん》や経緯《けいい》がどうであれ、引退したラインバッハ様が動きすぎてしまえば、貴族の間で〝領主として未熟、あるいはその器でない〟などという醜聞《しゅうぶん》が立ちかねないのだとか……

非常に面倒臭《めんどうくさ》いが、ラインハルトさんの評判を落とすことは親として不本意であり、長い目で見れば公爵家のためにもならない。故にラインバッハ様は、表に立つことができず。しかし、可能な範囲を見極《みきわ》めて、裏で問題解決の手伝いや支援《しえん》をしてくれていたそうなのだ。

「こちらこそ、ラインバッハ様の根回しのおかげで、街の復興も順調に進みました」

「そう言ってもらえると、心が軽くなる。ああ、実はこの2人にも少し手伝ってもらったんじゃ。この2人は付き合いが長く、信頼《しんらい》できるからのぅ。顔も広いので、わしに代わって動いてもらっておった」

「そうでしたか、ありがとうございます」

「いいのよ、こっちも報酬《ほうしゅう》として、ラインバッハちゃんにはしっかり手伝ってもらうことになっているから」

「人々のために動くのは騎士《きし》の務め。友人の頼《たの》みであれば尚更《なおさら》だ」

俺の言葉にそう答えたのは、レミリーさんともう1人の男性、名前はシーバー・ガルダックさん。なんと彼は、以前ラインバッハ様が冗談《じょうだん》なのか本気なのか、店の護衛として雇わないか？　と薦《すす》めてくれた〝元騎士団長《きしだん》〟だった。

シーバーさん本人は〝加齢《かれい》とそれによる衰《おとろ》えを感じて退役《たいえき》した〟と言っているけれど、体つきはまだまだ筋骨隆々《りゅうりゅう》で、衰えを感じさせない。腕《うで》も相当に立つのだろう。しかし、威圧《いあつ》感はない。初対面で威圧されても困るけれど、騎士団長＝雰囲気《ふんいき》が重々しいというイメージがあったので、若干肩《じゃっかんかた》の力が抜《ぬ》ける。

そしてレミリーさんだが、彼女は元宮廷魔導士《きゅうていまどうし》らしい。さらに驚いた事に、おそらくこの中で最も年上だ。というのも、彼女はエルフの近縁種《きんえんしゅ》である〝ダークエルフ〟だそうで、こちらも年齢《ねんれい》に対して外見の老化が現れにくいらしい。

年齢がおそらく、なのは聞けなかったから。一度シーバーさんが口を滑《すべ》らせかけた時には、シーバーさんに向けて視線と殺気と魔力《まりょく》が放たれた。その瞬間《しゅんかん》、俺はレミリーさんの年齢に関しての話題は避《さ》ける事にした。

ちなみにお二人の事は、さん付けで呼ぶことになった。最初は様付けで呼んだけれど、レミリーさんには嫌《いや》がられ、シーバーさんはもう騎士団長でもない、ただの老いぼれだからと言われたからだ。

マナー的にどうかはともかく、レミリーさんは本気で嫌がっていたようだし、セバスさんもいいと言っていたから問題ないのだろう。

しかし、旅行でこの街に来たことは分かったが……

「何故この街に？　事前に調べた限りでは、観光地があるとは聞いていないのですが」

「この街の近くにある〝亡霊《ぼうれい》の街〟と呼ばれる迷宮《めいきゅう》に行くためじゃよ。レミリーの欲《ほ》しい物があるようで、我々はそれを取りに行く手伝いをすることになった。それが先程《さきほど》の話にも出ていた報酬として要求されたことなのでな」

「そういうこと。常闇草《とこやみそう》という薬草を知っているかしら？」

「主に精神の安定剤《あんていざい》や睡眠薬《すいみんやく》に使われる薬草ですね。混ぜる物・量によって人を錯乱《さくらん》させたり苦しめる毒薬にもなるので、扱《あつか》いの難しい薬草です」

「詳《くわ》しいわね。でも常闇草の用途《ようと》は薬に使われるだけではないわ」

レミリーさんはそう言いながら、1本の黒い杖《つえ》を差し出してきた。

「この杖はダークエルフの村で作られた物で、常闇草の煮汁《にじる》に浸《ひた》した後で乾燥《かんそう》する工程を、数回繰《く》り返した木材で作られているの。こうするとでき上がった杖で、闇《やみ》属性の魔法を使いやすくなるのよ」

「へぇ……それ、教えてしまって良いんですか？」

「別に構わないわ、大した事じゃないもの。ただ煮汁に漬《つ》け込むだけで良いんだから、村では常闇草を手に入れた人なら皆《みな》、家でやっている事よ」

秘伝の技術かと思いきや、そうでもないらしい。

「この杖は私が成人の時に贈《おく》られた物で、手入れをしながら使っていたけど、流石《さすが》にそろそろ限界が来そうなのよ」

「なるほど、新しい杖を作るために常闇草を採りに来たんですね」

「その通りよ」

「リョウマ君は何故ここに？　わしはてっきり、ギムルの街かその周辺で活動していると思っておったが」

「実は、僕《ぼく》の目的も亡霊の街の常闇草なんです」

先程、常闇草は主に精神の安定剤に使われると言ったが、例外も当然あり、俺が作りたいのは〝虫除《むしよ》け〟だ。

俺が行こうとしているシュルス大樹海は、その名の通り樹海。高温多湿《たしつ》の環境《かんきょう》で、魔獣だけでなく虫なども多い。そのために効果的な虫除けが必要で、それを作るための材料の1つが常闇草だった。

あと、それが生えている亡霊の街は、その名の通りアンデッド系の魔獣が跋扈《ばっこ》する地域。大樹海はアンデッドが多いわけではないけれど、樹海の中で命を落とした冒険者がアンデッドになり、さまよっているところに遭遇《そうぐう》する可能性はあるので、その対策・訓練も兼《か》ねている。

「ふむ、シュルス大樹海の中の村へ行くためか……」

「確かに、あそこに行くには虫除けとアンデッド対策は必要ね」

説明の過程で、俺の目的を聞いた2人は納得《なっとく》した様子で、深く頷《うなず》いている。

「はい。光魔法《まほう》は使えますが、まだ実体のないアンデッド系魔獣との戦闘経験がないので、その経験不足を解消するためにも、亡霊の街で経験を積みたいと思っています」

「あら、光魔法を使えるの？」

「はい。初級攻撃《こうげき》魔法のライトボールと、対アンデッド用防御《ぼうぎょ》魔法のホーリーカーテン。この2種類だけは覚えました」

「歳《とし》を考えれば十分に優秀《ゆうしゅう》と言えるが、それでは群れに遭遇した場合に少々不安が残るな。せめて中級まで光魔法を使えれば問題はないと思うが」

「だったら、私が少し教えてあげましょうか？　中級の光属性魔法。ラインバッハちゃんのお気に入りの子みたいだし、私が『ハイド』を使っても気付けたくらい優秀なら、覚えも早そう。それに、どうせ同じ場所と物が目的なら、一緒に行けばいいでしょう？」

それは確かにありがたいけど、ハイド？　以前いただいた魔法書には載っていなかったけれど、名前からして隠《かく》れる魔法。それを使ったということは、

「もしかして、最初に会った時に？」

「ええ、気配を悟《さと》られにくくする、闇の中級魔法よ。姿が消えるわけではないから、あまり便利ではないわね。だから有名ではないかも」

「レミリー様は光と闇の魔法の達人であり、宮廷魔導士の中でも特に優秀と言われていた方でございます。彼女以上の実力を持つ方は、そうそう出会えませんよ」

「少々性格に難があるが、技量は申し分ないじゃろ」

「失礼ねぇ……性格もいいでしょう」

「いい性格、ではあるかもしれんな」

レミリーさんを訝《いぶか》しげな目で見るラインバッハ様とシーバーさん。セバスさんは我関せずとラインバッハ様の横に居る。光魔法を教えて貰《もら》えるのは嬉《うれ》しいが、大丈夫なのだろうか？

「会ってしまった以上、苦労するのは教わる教わらないに関《かか》わらんか。リョウマ君が良ければ教えてもらうと良い」

どう言う意味だろう？　少々不安だが、貴重な機会は逃《のが》したくない。

「光魔法を教えて頂けるのは非常にありがたいです。ぜひお願いします」

「じゃあ決定！　一時的かもしれないけど、これからは師匠《ししょう》って呼んで頂戴《ちょうだい》」

「師匠ですか？　分か――」

「もしくはお姉ちゃんでも可」

分かったと言おうとしたら、予想外の提案が来た。それは恥ずかしいので断る。

「師匠でお願いします」

「えー、私のやる気に関わるのにー」

レミリーさんからあからさまな不満の声が出た。それを聞いて3人がそれぞれ発言する。

「師匠と呼べと言ったのはお前だろうに」

「レミリーの相手は疲《つか》れるじゃろうが、耐《た》えるか流すしかないのでな。頑張ってくれ」

「リョウマ様、レミリー様の実力は確かですのでご安心を」

何と言うか……レミリーさんは自由人っぽい。

そう思っていたら、ラインバッハ様がもう1つ提案をした。

「そうじゃ、リョウマ君。ついでに君の戦いぶりを見せてくれんか？」

「それはもちろん。亡霊の街で戦えばいいのでしょうか？」

「それもあるが、一度試合をしてみてはどうじゃろうか。ここに居るシーバーと」

俺が元騎士団長と⁉　というか、シーバーさんも驚いている。

そんなシーバーさんが俺より先に、ラインバッハ様に真意を問えば、ラインバッハ様は
俺がシュルス大樹海に行く前に、一度どこかで実力を確認したいとは思っていたらしい。

そして初対面のシーバーさんなら、元騎士団長ということもあって、俺の技量を客観的かつ正確に評価できるだろう、との事だ。

　この話を聞いて、シーバーさんは試合をする事を承諾《しょうだく》。いきなり試合を提案されたから驚いただけで、別に断るつもりはなかったようだ。

　それからシーバーさん曰《いわ》く、どうせやるなら相手の情報がない状態で戦ったほうが、素の実力がよく見える。情報を集めて用意周到《よういしゅうとう》に準備をするのはいいが、それだけでは事前に用意ができない状況に追い込まれた時に、生き残れない事がある……という事で、すぐに試合をする事になった。

　そんなこんなで俺は一足先に、セバスさんと街の外の、試合ができそうな場所へ移動。シーバーさんは旅をしてきたばかりの俺と違い、武器や装備を身に着けていなかったので、準備をしてから来る事になった。

　たどり着いたのは、何の変哲《へんてつ》もない岩場。ここなら周りを気にする必要は無さそうだ。シーバーさん達を連れてくるために、再び転移していくセバスさんを見送り、俺はその間に準備を整えておく。……相手は元騎士団長、強くて当たり前だ。急な話だが、ラインバッハ様達に安心してもらうためにも、胸を借りるつもりで挑《いど》もう。

8章3話　腕試し

　セバスがリョウマと共に宿を出た後、部屋に残ったレミリーが聞く。

「ラインバッハちゃん、貴方《あなた》から見てあの子、どれくらい強いの？」

「正直に言えば、分からん。何度か訓練や魔法を行使するところは見たが、実戦を見たわけではないのでな……だが、出会った頃から既に盗賊の討伐をしていたらしい。先程話していた件でも、闇ギルドから送《おく》り込まれた刺客《しかく》を返り討《う》ちにしたと聞いている。腕利《うでき》きと言って差し支《つか》えないとは思うが、底が見えん。だからこそ、シーバーに頼みたかったんじゃや」

「なるほどな……そういえば、レミリー」

「何かしら？」

「先程、魔法の話をしていたが、話の流れからして気付かれたのか？　気付かせたのではなく」

　その問いに、レミリーは怪《あや》しげな笑《え》みを浮かべる。

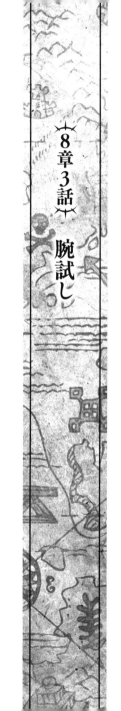

「気になる？」

「当たり前だろう。昔から、悪戯半分に城の警備をすり抜けていたお前が言うのだから」

「あら、悪戯だなんて嫌ね。あれは警備の抜き打ち訓練でしょ？　エリアスちゃんの指示もあったじゃない」

「それはそうだが、警備をする側としてはたまったものではなかったぞ。私や宮廷魔導士長、騎士団や衛兵の精鋭達《せいえいたち》がどれほど頭を悩ませたことか。警備体制の強化に繋《つな》がったのは認めるが、思い出す度《たび》に愚痴《ぐち》を言いたくなる」

「まぁまぁ、もう終わったことだしいいでしょ。でも、私も気付かれるとは思ってなかったのよねぇ。抱《だ》きつくどころか忍《しの》び寄った時点で見つかっちゃったわ。その後の警戒も含《ふく》めて、猜疑心《さいぎしん》の塊《かたまり》……これは言いすぎかしら？

　少なくともセバスちゃんと会ったり、ラインバッハちゃんと話したりしている時は、表情も雰囲気も和らいでいた。それを考えると心の奥底《おくそこ》、根っこの部分に、他人への強い警《けい》戒心《かいしん》や不信感みたいなものがあるのかもね」

「相変わらず、そういう目は確かじゃのぅ……わしも詳しくは聞いておらんが、過去の環境がよくなかったことは間違《まちが》いなさそうじゃ。最初に出会った時など、人目の届かぬ森の奥に隠れ住《す》んでおったからな。年齢に見合わぬ態度や発言も多く、人生に疲れたような印象を受けた。

尤《もつと》も、先程は前と比べて、若干《じやつかん》だが明るくなったように見えたが」

「ふむ……あの子もあの子なりに苦労してきたのだろう。少なくとも子供と考えるべきではないか。よし、後は戦いながら見極めさせてもらおう」

シーバーはそう言うと、足早に自室へと戻り、試合の準備を始める。

彼の装備は現役《げんえき》時代から使っているハルバードと、退役後に購入《こうにゆう》した重厚《じゆうこう》な鎧《よろい》一式。重く着づらいそれらを、着慣れた服のように素早《すばや》く装着すると、ハルバードを手に取り感触《かんしよく》を確かめる。そして、おもむろに独り言を呟《つぶや》いた。

「ああは言ったものの……この身体の老いが恨めしいな……」

体の一部の様に軽々と振るえていた愛用のハルバードを、段々と重く感じ始めた。やがて、昔と同じように振るうには、長い修練の末に得た気による補助が必要不可欠になり、次第に技の冴《さ》えも悪くなっていく。

周囲の人間は何度も〝老いてはいない〟、〝まだ十分に職を全《まつと》うできる〟と彼を引き止めたが、自らの老化は止まらない。周囲の期待や職務への責任感で心と体を支えていても、限界を常に感じてしまう。故に彼の決意は固く、自身の後釜《あとがま》に座《すわ》るに足る者が育った事を見届けて、騎士団長の職を辞した。

その後もなるべく腕は落とさぬように、体の老いに抗《あらが》おうと心がけているが、老いは心構えでどうにかなる物でもない、と思い知らされるばかり。昨夜などは酒を飲み、それを吐露《とろ》していた。

そんな彼の言葉を、隣で聞いていたレミリーは、

「時の流れはそんなものよ。貴方も私も、老いは受け入れるしかないの。でも、シーバーちゃんは心構えがあるだけ老いも緩《ゆる》やかだと思うわよ、気を抜いていたらもっと早く老いるもの」

と、長命のダークエルフらしい、達観した言葉をシーバーにかけていた。それを思い出したのか、シーバーの顔に苦笑《くしょう》が浮かぶ。

「全くレミリーは……ダークエルフにも分かりづらいだけで老いはあると言うが、本当なのか？　年齢を正確には知らないが……私の倍近い可能性もあるというのに、初めて会った時と姿が変わらん。体の動きも衰えている様には見えん。あれで老いていると言われても納得がいかん。

恥《はじ》をしのんで秘密でもあるのかと聞いたら、心が若いから、とはどういう事だ。……いや、今そんなことを言っても仕方があるまい。今は試合に集中せねば」

鬱屈《うっくつ》とした雑念を払《はら》い、ラインバッハやレミリーのもとへ戻《もど》る。すると、既にセバスが

戻ってきていたので、そのまま空間魔法《まほう》で移動した。

街の門を抜け、二度目の転移が終わると目の前には岩場。何故かその一部だけが綺麗に均《なら》されており、多くのスライムに囲まれたリョウマが駆《か》け寄ってくる。

「胸を借ります、シーバーさん」

「こちらこそ、よろしく頼む。ところでこのスライムと地面は？」

「スライム達は僕の従魔です。あと地面の方は試合ができるように、魔法で均しておきました。訓練場の様にした方がやり易《やす》いかと思いまして」

「それはありがたいが、魔力は大丈夫なのか？」

「大丈夫です、土魔法を使えるアーススライムに頼みましたので」

それを聞いて、シーバーは納得。

「成程《なるほど》。では試合のルールだが、騎士団式で良いだろうか？」

「えっと、騎士団式とは、どのようなルールでしょうか？」

「今回は1対1で、魔法も中級までならば使用可の実戦形式だ。武器は魔法武器でも構わない。決着が付くまでは、倒《たお》れた者への攻撃《こうげき》も許される。姑息《こそく》で汚《きたな》い手を使う者は好まれないが、そういう手を知っておかなければ、実戦で使い物にならんのでな。

無論、故意に相手を死に至らしめるような行為《こうい》は厳禁だが、それ以外なら何でもありと思ってくれて構わない。優秀な回復魔法使いがいなければ危険もあるが、幸い今はレミリーがいる」

「私は回復魔法も上級まで使えるわ。仮に手足が切り落とされちゃっても、切れてすぐなら繋げるから、安心してね。あ、あと簡単な結界も張っておくから、周りの被害《ひがい》は気にしなくてもいいわよ」

リョウマはその言葉に驚きつつも、そういう物だと自身を納得させ、ルールについて1つ質問をする。

「武器の事ですが」

言葉と同時にリョウマの持つ刀が一度《ひとたび》歪《ゆが》み、再び刀の形に戻った。

「僕が使っている武器はスライムを変形させたものなのですが、1対1というルールに抵《てい》触《しょく》しますすか？」

「スライムが武器か……君個人の実力を見るという目的があるので、スライムに襲《おそ》わせるのは反則とさせて貰おうか。あくまでも武器としての使用なら問題ないだろう」

「ありがとうございます」

こうしてルールが決まり、互《たが》いに武器を構えて、整えられた試合場の上で向かい合う。審判《しんぱん》を務めるのは、2人の間に立つセバスだ。

「では、始め！」

「ふっ!!」

試合開始の合図と同時。シーバーが鋭《するど》い突《つ》きを放ち、リョウマは躱《かわ》して間合いを詰《つ》める。

そうはさせじとシーバーが石突《いしづき》を振りぬき、踏《ふ》み込みを妨害《ぼうがい》すれば、リョウマは離《はな》れて火の矢を放つ。

それを読んでいたかのように、シーバーは魔法を悠々《ゆうゆう》と避けながら、風の刃《やいば》を打ち返す。

その後も互いに魔法を撃《う》ち合い、幾度《いくど》も武器を打ち合わせるが、これはまだ小手調べ。

相手の出方を窺《うかが》っているだけであり、どちらも本気ではない。……しかし、もしこの試合をセバス達《たち》以外の、何も知らない誰《だれ》かが見ていれば、そうは思わなかっただろう。

2人の周囲の地面には、それまでの攻防《こうぼう》で放たれた魔法の爪痕《つめあと》が散見され、その中心に居る2人は激しく己《おのれ》の武器を打ち合わせている。辺りに響《ひび》く金属音、魔法の応酬《おうしゅう》による破《は》壊《かい》音は、その激しさを如実《にょじつ》に表す。とても試合で、なおかつ相手の出方を窺っている様には見えない激しさだ。

開始早々に放たれたシーバーの突きも、小手調べと思っているのはシーバーとリョウマのみ。並の兵士や冒険者《ぼうけんしゃ》ならば、反応しきれずに貫《つらぬ》かれている一撃《いちげき》。そんな攻撃の応酬が続く中、ここでシーバーが勝負に出た。

ハルバードを振り上げ、リョウマの肩口《かたぐち》に振り下ろすと共に魔力を通す。

リョウマは一歩引いて躱すが、魔力が流された事を察知して、右に跳《と》ぶ。

次の瞬間、ハルバードから噴出《ふんしゅつ》する風の渦《うず》が、リョウマのいた場所に無数の浅い傷を付けた。

「これにも気づいたか」

「武器に込めた魔力を感じられなければ、今ので終わりでしたね」

シーバーのハルバードは風の下級魔法の『ウインドカッター』と中級魔法『トルネードカッター』が込められた魔法武器。今の一撃は勿論《もちろん》、殺さぬように威力《いりょく》の加減がされてはいるが、直撃《ちょくげき》を受ければ戦闘不能かそれに近い怪我《けが》を負っただろう。

魔力の感知。魔法として発動するつもりか、武器に込めたかの判断。判断の後の回避《かいひ》の実行。そのどれか1つでもできなければ、もしくは判断に迷いがあれば、リョウマの回避は間に合わなかった。しかし、リョウマは見事に躱して無傷。シーバーは心の中で賞賛すると同時に、一層気を引き締める。

だが今の一撃で気を引き締めたのはリョウマも同じ。今度はリョウマが勝負に出た。

「『ファイヤーアロー』」

リョウマが魔法を放ち、斬《き》り込《こ》む。ここまでなら今までと何も変わらないが、リョウマ

は斬り込む直前にもう一度、アースニードルを〝無詠唱《むえいしょう》〟で放っていた。

「っ！」

正面から放たれた魔法と、それを避けた先を狙《ねら》うようなリョウマの動き。その両方を囮《おとり》にして、足元から音もなく飛び出る石の針。

シーバーは冷静に判断し、矢も針も躱したが、それにより僅《わず》かな隙《すき》が生まれた。間合いが瞬時《しゅんじ》に詰められ、気を纏《まと》わせたハルバードの柄《つか》で刀を受け止めざるを得なくなる。

この状況《じょうきょう》を打開すべく、シーバーは即座《そくざ》にウインドカッターを連発。リョウマの足止めをしつつ距離を取り、ハルバードからも風の刃を放つ。

ここでシーバーの中にある疑問が浮かんだ。

（妙《みょう》だ……この少年は私の魔法を防いだが、その後に反撃《はんげき》をしてこない。いや違《ちが》う、反撃はしてくるが、不自然な間がある。剣術《けんじゅつ》の腕前《うでまえ》は見事としか言いようがなく、魔法も無詠唱まで使えている。が、その腕前の割に妙な〝ぎこちなさ〟がある。

隙を見せてこちらの攻撃を誘《さそ》っていると思っていたが、それにしては少々露骨《ろこつ》……もしやこの少年……）

打ち合いを続け、シーバーは自身が見つけた隙を軽く突いて、様子を見る。そしてシーバーは確信した。

（なるほど。おそらくだが、この子は魔法を身につけて間もないのだろう。剣術は見事だが、魔法は我流《がりゅう》か？　歳を考えれば十分以上だが、経験が足りん！）

ここから、リョウマが劣勢《れっせい》になる。

相手が魔法を使う事、それに魔法を使って対抗《たいこう》する事はこの世界では当たり前だ。しかし、リョウマの居た地球には魔法が存在せず、地球で学んだ剣術は、魔法と組み合わせて使う事は考えられていない。

リョウマも独自に魔法の創意工夫《そういくふう》を重ねてはいるものの、その期間はこの世界に来てからの4年間。それも森にいた頃《ころ》は、生活のための魔法がほぼ全《すべ》てであり、攻撃魔法を覚えたのは森を出てから。戦闘《せんとう》のための魔法に本腰《ほんごし》を入れたのは、長くとも半年ほど前からだろう。

対するシーバーは、元からこの世界の住人。初めから敵も自分も魔法を使う事を前提とし、騎士としての訓練により技を数十年にわたって洗練させてきた男。魔法の修練、そして実戦経験では、リョウマはシーバーの足元にも及《およ》ばない。

これまでリョウマは、戦ってきた相手との実力差が〝ありすぎた〟。そのため、多少ぎこちなくとも、生兵法《なまびょうほう》でも問題にはならなかった。

しかし、シーバーは武術においてリョウマと拮抗《きっこう》できる実力を持ち、なおかつ魔法の運用はリョウマを超《こ》える。その実力差はリョウマの僅かな隙を見抜《みぬ》き、的確に突くことを可能にすると同時に、リョウマには苦戦を強《し》い、シーバーに僅かな余裕《よゆう》を与《あた》える。

だが、

「ヌゥッ⁉」

その状態は、長くは続かなかった。

一時的な劣勢、その原因が自らの魔法にあること。シーバーを相手にするために、自分自身の魔法はまだ未熟であること。それを僅かな攻防で自覚したリョウマは、決断した。

〝魔法を使うと隙ができるのならば、使わなければいい〟

〝自らが長く鍛え抜いた剣術一つに全身全霊《ぜんしんぜんれい》を込め、相対すべきだ〟

そう、自らを戒《いまし》めたリョウマの戦い方が変わる。

全身に滾《たぎ》るような気を巡《めぐ》らせ、懐《ふところ》に飛び込んでの突きは、速度も精度も格段に増した。

シーバーも負けじと反撃に移るが、先程までの僅かな余裕は完全に消える。

そこからの試合は、熾烈《しれつ》を極《きわ》めた。

シーバーがハルバードを左上から右下に振《ふ》るい頭部を狙えば、リョウマは右斜《なな》め前に半歩踏み込み、体を沈《しず》めて円を描く刀で受け流した。さらに、そのまま左足を大きく踏み込《こ》んで間合いを詰め、シーバーの左足を刈《か》り取ろうとする。

シーバーは体を捻《ひね》りつつ後退することで刃から逃れると、リョウマの脚に向けてハルバードを振るい牽制《けんせい》。それを躱して追撃《ついげき》を狙うリョウマに魔法を放ち、回避先を読んで魔法武器のトルネードカッターを叩《たた》き込む。

地面が大きく抉《えぐ》られ、土砂《どしゃ》が風に巻き上げられた。周囲に土煙《つちけむり》が舞《ま》う中、肝心《かんじん》のリョウマはかろうじて躱す事に成功。土煙を押しのけて、再びシーバーに斬りかかるべく駆ける。

こうして互いに、全力で力と技をぶつけ合い、数分が過ぎた頃……余計な事を考える余裕のないやり取りの間で、シーバーは忘れて久しい充実《じゅうじつ》感を覚えていた。

老いて力を失ったと思っていた肉体には力が戻り、鈍《にぶ》ったと思っていた技が研《と》ぎ澄《す》まされていく感覚。それが心地《ここち》よく、シーバーは無心にハルバードを振るい、魔法を放ち続ける。

しかし、それも無限に続きはしない。激しい戦闘の中、不意に両者の距離《きょり》が離れると、重い圧迫《あっぱく》感を放つ視線が交差する。申し合わせたわけでは無くとも、2人は同じ事を考えていた。〝次が最後だ〟と……

「「はっ!!」」

張り詰めた一瞬《いっしゅん》の緊迫《きんぱく》感の中、同時に裂帛《れっぱく》の気合を込め、最後の攻防が始まる。

リョウマは刀の切っ先をシーバーに向けて抱える様に構え、体に巡らせていた全ての気を下半身に集中させた。これにより爆発的《ばくはつてき》な脚力《きゃくりょく》を得たリョウマは、２人の間に距離など初めから無かったのではないか、と錯覚《さっかく》する程《ほど》の速度で間合いを詰める。

尋常《じんじょう》ではない速度で迫《せま》るリョウマに対し、シーバーはハルバードに魔力を込め、更《さら》に無詠唱でトルネードカッターを使った。自身と魔法武器によって威力を倍加させた風刃の渦は、リョウマを迎撃《げいげき》する渾身《こんしん》のひと突きと共に放たれる。

高速で突き出されたハルバードの穂先《ほさき》が、リョウマの体を捉《とら》える刹那《せつな》、リョウマはそれを紙一重《かみひとえ》で回避。しかし、ハルバードが纏う竜巻《たつまき》と風の刃までは避けきれず、頬《ほお》と肩《かた》、そして体の左半身数箇所《すうかしょ》に浅い切創《せっそう》を受け、吹《ふ》き出た血が吹き飛ばされていく。

それでも構わず、リョウマは更に踏み込む事でそれ以上の負傷を逃れ、気を集中させていた下半身から全身に戻しながら突き進《すす》む。その攻撃後の隙を狙った体当たりにも近い突きに対し、シーバーは腰を思い切り捻ることで、負傷はしたものの、左脇腹《わきばら》を浅く裂《さ》かれるに留《とど》めた。

勢いそのままにシーバーの脇を駆け抜けたリョウマは、気で強化された足腰《あしこし》で思い切り地を踏みしめ、無理矢理《むりやり》に体の勢いを止めて反転。突き出していた刀を背負う様に振りかぶり、足と膝《ひざ》にかかる負荷《ふか》をバネに変え、弾《はじ》けるように飛び出した。

一方のシーバーも負けじとハルバードを引き戻し、迎撃の構えを取る、次の瞬間。

暮れかけの陽光を受けた2つの刃が閃《ひらめ》き、赤々とした血飛沫《ちしぶき》が舞った――

8章4話　試合の後

「そこまで!!」

血の匂《にお》いが鼻につき、セバスさんの声が響いた。

「私の負け、の様だな……」

「く……そう、ですか？　これ、僕の、負けでは？　痛っ……」

負った傷の痛みに顔を顰《しか》めながら、状況を確かめる。

「かろうじて間に合った、と思ったのだが、まさかあの状況で対応されるとはな……」

「こちらとしても、装備に助けられた部分が大きいかと……」

攻撃が決まったのはほぼ同時。俺《おれ》の刀がシーバーさんの鎧を切り裂いて、左肩《ひだりかた》に傷を負わせた瞬間、両腕《りょううで》の間から限界まで短く持たれたハルバードの穂先を差し込まれ、右肩《みぎかた》を貫かれた。

最後の意地で貫かれた右手を離し、左腕《ひだりうで》一本で首筋に刀を突きつけたけれど……その時には既に放たれていたウインドカッターによって、腹を切られていた。

「刀を振り抜かれていれば、シーバー様は間違い無《な》く首を掻《か》き切られておりました。しかし、同時にリョウマ様も肩と腹部に小さくない傷を負っておられます。すぐに治療《ちりょう》を受けられない状況では、命にもかかわるでしょう。

ここは私の判断で相打ちとさせて頂きます。お二人共武器を引いて治療を、特にリョウマ様はお急ぎ下さい」

セバスさんが冷静にそう宣言したので、互いに武器を引いた。直後にシーバーさんが膝から崩《くず》れ落ちるように座り込む。俺も緊張《きんちょう》が解けたからか、感じる痛みが強くなり、足がふらつく。そして後ろに倒れかけたところをセバスさんが支え、地面に寝《ね》かせてくれた。

傷口からの出血が、俺の装備をじわじわと赤く染めていくのが分かる。肩もそうだけど、一番の問題は腹だな……出血量からして、太い動脈は傷ついていない。けど、傷が大きい。止血を急がなければ……

「レミリー様！」

「はいはい、急いで治すわよ！『メガヒール』！　全く、何て試合してるのよ……」

「一歩間違って、どちらか死ぬのではないかとヒヤヒヤしたぞ」

「申し訳ございません、審判役《しんぱんやく》を――」

「セバスを責めはせぬ、あれではわしも割って入る事はできぬからな」

セバスさんが口にしかけた謝罪を、ラインバッハ様が遮《さえぎ》ったかと思えば、治療に当たっていたレミリーさんも同意を示す。

「『メガヒール』そうよ、セバスちゃんが気にする事じゃないわよ。『メガヒール』私なんて最後の方は目で追いきれなかったもの。簡易とはいえ、私が張っておいた結界も早々に壊《こわ》されるし、とりあえず治療はしたから大丈夫《だいじょうぶ》だけど、私達の声が聞こえなくなるまで戦うなんてやりすぎよ」

！　驚《おどろ》いた……いや、試合前に軽く〝腕が落ちても繋げる〟と話していたことから、レミリーさんは回復魔法の腕も立つのだろうと思っていたけれど……今の一瞬で痛みが消えた。貫かれた方の肩と腕も、違和感《いわかん》すらない。止血どころか、おそらく完治している。

傷口の確認《かくにん》から回復魔法をかけるまでが、恐《おそ》ろしく速い。俺ならスライムの視界を利用して、さらに集中した状態でできるかどうかという、速さと正確さを兼ね備《そな》えた処置。それを会話しながら行えるのか……

レミリーさんの技量に驚いていると、治療で痛みが和《やわ》らいだからだろう。ここでシーバーさんが会話に加わる。

「すまん……熱が入りすぎた自覚はある」

「あっ、それは僕も同じです。申し訳ありませんでした」

「まぁ、どちらも命を失わず、治療のできる怪我で済んでよかった。リョウマ君の腕前も、想像以上だ。腕前に不安が残るようであれば、引き止めるか護衛を用意するつもりじゃったが……シーバーに本気を出させ、なお互角《ごかく》に渡《わた》り合う腕があるならば、その必要もないだろう」

「いや、今回私が引き分けられたのは、これがあくまでも〝試合〟だったからだ。これが実戦であれば本人の技量に限らず、罠《わな》や従魔《じゅうま》の力を使うこともできたはず。

さらに、今の試合で私が彼《かれ》に不足していると感じたのは〝経験〟だ。魔法もそうだが、気力も扱えるようになって、さほど長くないのではないか？　体捌《たいさば》きや刀の扱いは文句の付けようがなかったが、最後の切り返しは若干動きが荒《あら》かった」

やっぱり、見抜かれてしまった。

「ご慧眼《けいがん》、恐れ入ります。気による身体強化は出力を一定以上にすると、体が動きすぎて、感覚にズレが生じてしまいます。魔法《まほう》はここ最近、対外的には魔法使いとして冒険者活動をしているので、重点的に訓練と実戦を重ねてだいぶ慣れたつもりでしたが、まだまだ付《つ》け焼刃《やきば》なのだと痛感しました」

「気の扱いは個人差もあるが一般的《いっぱんてき》に、気を感じてから全身に纏うことができるまでに、5年はかかるという。さらに、使いこなすには20年、極めるとなれば一生を費やす必要がある……そんな言葉があるほどに、長い修練を要するのが普通《ふつう》なのだ。今後、君が鍛錬《たんれん》と経験を積み重ねれば、私は引き分けることもできなくなるだろう」

清々《すがすが》しさの中に力強さを含んだ笑顔《えがお》を浮《う》かべ、シーバーさんはそっと右手を差し出した。俺も横たわっていた体を起こし、互いの実力と健闘《けんとう》を称《たた》える握手《あくしゅ》を交《か》わす。

すると、横からボソリと呟く声が聞こえてきた。

「……よかったわね」

「え？」

「いえいえ、こっちの話よ。ところで、〝対外的には魔法使いとして冒険者活動をしている〟ってどういうこと？　意味は分かるけど、なんだか変な言い回しだったから気になっちゃって」

「ああ、それについては……戦闘能力、特に近接戦闘には自信があるのですが、この歳と見た目だと、初めて会った人には信じてもらいにくいのですよ。交渉《こうしょう》や説明が得意でもないので、刀よりも従魔と魔法を前面に押《お》し出したほうが納得してもらいやすく、話も早いので」

1つ前の街でもトラブルがあり、危《あや》うく身柄《みがら》を拘束《こうそく》されかけたことを伝えると、さらに説明を求められたので、他《ほか》の例も含めて事情を説明。個人的には既《すで》に終わった話だけれど、話を聞いた4人は渋《しぶ》い顔になってしまった。

「一定以上の実力や経験のある者ならば、戦わずして相手の実力を理解することもできるが、全体で見ればそうでない者の方が多いからな……騎士団《きしだん》でも新入り、とりわけ中途半端《ちゅうとはんぱ》に腕《うで》の立つ者は、よく問題を起こしていた覚えがある」

「自分と相手の実力が分からない人ほど、外見だけ見て絡《から》んでくるものだしね。私にも覚えがあるわ。そういう人は大体、自分より強い相手には絡まないから、分かりやすく力を見せ付ければ逃《に》げ出すし、一度ガツンとやってやれば近寄ってもこないのよね」

「そうですね。空間魔法の中に従魔のホブゴブリン達がいるので、彼らにこれ見よがしな武装をさせておいて、疑われそうになったら出すことにしています。これでいちゃもんをつけてくるような人は、ほとんど追い払えますよ。

それでも諦《あきら》めない人もいましたが、そういうのは正当防衛として撃退《げきたい》すれば解決するので、むしろ楽でしたし……さっき話したギルドのようなことは、そうそうありません」

そういう意味では、ランクアップのための一次試験も楽ではあった。

「お話を聞く限り、ギルドマスターは〝実績についての確認をしただけであり、試験は受けさせた。されど、本人の実力不足で昇級《しょうきゅう》は見送るべきと判断した。こちらに落ち度はない〟ということにしたかったのでしょうな」

「片方の話だけではなんとも判断しがたいが、対応が乱暴に感じるのぅ。確かに、受験資格のない者に昇級試験を受けさせるわけにもいかぬだろうし、疑いがあれば確認は必要だと思う。しかし、ろくな確認もなく、拘束やら除名処分を持ち出すのはいただけない」

「何度も実績の残っている他のギルドに確かめてくれと言ったんですけどね……会話内容からして、どうも時間を与えたら逃げると思われていたようで。本当にあれが一番困りましたよ」

それさえなければ、一次試験であんな悲劇も起きなかったのに……

「悲劇って、そこでも何かあったの？」

「牽制のつもりで放った闇魔法《やみまほう》が効きすぎたんです……試験官が狂《くる》ったような悲鳴を上げて、汗《あせ》や涙《なみだ》や涎《よだれ》、体中の穴という穴から色々なものを垂れ流しながらのた打ち回り、そのまま失神しまして……まさに阿鼻叫喚《あびきょうかん》でした」

試験官のあまりの狂乱《きょうらん》ぶりに、ＴＲＰＧのＳＡＮチェックに失敗した人が現実にいたら、こんな感じなのかな……と現実逃避《とうひ》をしそうになった。

結果的に、試験官を倒したことは事実なので、実力は証明された。それは間違いないけれど、訓練場の空気は最悪だったし、今日もギルドで俺を見る人々の目は戦々恐々《せんせんきょうきょう》としていた。正直、あれを見ていたらそれは無理もない、と思う気持ちが少しある。

「しかもその一次試験は、特に人払《ひとばら》いのされていないギルド併設《へいせつ》の訓練場で行われていましたし、周囲には見物人が大勢いたので……素直《すなお》に殴《なぐ》ってあげればよかった……」

ある意味では、殺すよりも惨《むご》いことをしたかもしれない。あの人にも色々と言われたけれど、あの姿を思い出すと、ちょっとだけ罪悪感が湧《わ》いてしまう。

「まぁ、とにかく一応は実力を示せましたし、昇級試験も受けて無事に合格しましたから、特に問題はありません。例のギルドは今後利用するつもりはありませんし、あのギルドマスターとは、今後かかわることもないでしょうからね。

もしかすると、近いうちに向こうから、公爵家《こうしゃくけ》に謝罪の手紙か何かを送ってくるかもしれませんが、そのあたりのことはラインハルトさんにお願いしていますので」

「あら、何か意趣《いしゅ》返しでもしたの？」

レミリーさんがどこか楽しげに、いたずらっ子のような笑顔で聞いてくるけど、そういうわけではない。

「旅の途中《とちゅう》で狩《か》っていた獲物《えもの》の素材や戦利品を大量に、商業ギルドで買い取ってもらっただけですよ」

素材や戦利品の売却《ばいきゃく》は、冒険者にとって重要な収入源だ。多くの冒険者は討伐《とうばつ》対象だけでなく、余裕があれば対象外の獲物や素材も回収して換金《かんきん》する。そうすれば単純に収入が増えるし、運よく手持ちの素材の納品依頼《いらい》が出ていれば、討伐以外の点数稼《かせ》ぎもできるからだ。

ランクアップを目指していた俺としても、やらない理由がない。だから、あの時も色々と溜《た》め込んでいたのだけれど、トラブルで売却どころではなくなってしまったため、商業ギルドに大量の素材を持ち込んだ。

そうなると、当然のように質問されるわけだ……〝この大量の素材はどうしたのか〟、〝冒険者《ぼうけんしゃ》なら、何故《なぜ》冒険者ギルドで売らなかったのか〟と。

「そんなことを聞かれたら、答えざるを得ませんよね？　一度限りかもしれませんが、商売相手ですし、こちらに非はないと僕《ぼく》は思いますから、変にごまかさず、包み隠《かく》さず。もちろん事実確認をしてもらっても構わない、とも伝えました」

真摯《しんし》に説明をした結果、商業ギルドではご理解をいただけた。さらに、ありがたいことに〝そういう事情なら、二次試験の討伐依頼《とうばついらい》で手に入る素材も売ってくれないか〟とも言ってくださった。

でも残念ながら、冒険者ギルドが何をしてくるか分からなかったため、確約はできなかった。その代わりに、〝ギルドマスターから謝罪の言葉の1つでもあれば、また来ます〟とだけ伝えておいた。

「それは、リョウマ様がもう一度商業ギルドを訪《おとず》れなければ、和解できなかった、と考えられますな」

「察するに、ろくな謝罪はなかったのだろうな」

「僕はギルドマスターの顔すら見ていませんね。代わりに受付嬢《うけつけじょう》さんが、大勢の目の前で頭を下げようとしていましたが〝謝罪を要求するつもりはありません〟と言っておきました」

「許した、とは言ってないわけね。もしくは謝《あやま》らせなかったのかしら」

「レミリーさん、そんなに楽しそうに言われると、僕が何か企《たくら》んでいるようじゃないですか。謝罪を要求するつもりはない、というのは本心ですよ」

その受付嬢さんにも疑われたけれど、それ自体はまだ理解できる。自分で判断できないことに対し、上司の判断を仰《あお》いだことも、1人の職員としては当然の行為だと思う。だから、俺はあの受付嬢さんがそこまで悪いとは思わない。

まぁ、彼女《かのじょ》も自分が悪いとはそこまで思っていないのか、さっさと帰ってほしかったのか。俺が謝罪を遮って、要求するつもりはないと言ったら、それっきり謝罪はなかったから、そういう意味では〝謝ってもらっていない〟とも言い張れるのかもしれないけども

……

俺としては、別に謝ってもらわなくても構わないし、そもそも謝るなら謝るで、ギルドマスターが出てくるのが筋だろう。人前で謝れとか、土下座しろとまでは言わないが、それこそ俺に不正を認めさせようとした時のように、別室で話をするくらいはしてもいいと思う。

しかし、実際には受付で、受付嬢さんが頭を下げようとしただけ。部下1人に人前で頭を下げさせて、自分は会いもしない。これで謝られたとしても、誠意や意味を感じないし、信用もできない。だから、要求しようとも思わない。

「彼が部下に謝らせて終わったことにするつもりなら、そうすればいいでしょう。尤も、それを周囲の人間がどう見るかは知りませんし、どうなろうと僕は責任を取りませんが」

公爵家の技師と聞いた途端《とたん》に、それまでの勢いが衰《おとろ》えて、あっさり受験を許可するような人だったことから、なんとなく他人からの評価を落とすことの方が、頭を下げるよりよっぽど苦痛に感じるタイプだとは思う。

俺がそんな推測も付け加えると、レミリーさん以外は苦笑いになっていた。

「多かれ少なかれ、そのギルドマスターの評価に、なんらかの影響《えいきょう》は与えるでしょう」

「表向きどうするかは知らんが、商業ギルドは耳が早いからのう……」

「話を聞いた限り、君は用を済ませて立ち去っただけだが……中々に嫌《いや》らしい手を打ったようにも見えてしまうな」

「いいじゃない、そのギルドマスターの言い分が全面的に正しいのなら、きっと彼は痛くもかゆくもないわよ」

「僕も特に不利益はないですしね。強《し》いて言えば、一度ギルムに帰るまで、冒険者ギルドのギルドカードが使えないことでしょうか。念のためですけど、嘘《うそ》の不正行為の履歴《りれき》とか、変な情報が仕込《しこ》まれていたら困るので」

街への出入りは、商業ギルドのギルドカードがあるから問題ないのだけれど、帰り道のギルドが利用できない。せっかくCランクになったのだから、帰り道で一度Cランクの依頼を受けてみようと思っていたんだけど、それはまた今度でいい。

「それでしたら、テレッサの冒険者ギルドに行ってはいかがでしょう？　確認だけならすぐにできるはずです」

「あら、それはいいわね。実力も私達が保証すれば話が早いと思うし、そうしましょうか」

「この街のギルドは門の近くにあったはずだ、宿に帰る前に寄って行けるな」

「では、ひとまず街に戻るとするかの」

「え、あ、ありがとうございます！」

急転直下、テレッサの冒険者ギルドに行くことに決まったが、皆《みな》さんが保証してくだされば面倒《めんどう》もないだろう。再会から宿の手配に腕試《うでだめ》し、さらに今後は魔法の指導もしていただける。いたれりつくせりで、本当にありがたい。

面倒な人達《たち》との出会いもあるけれど、こうして親切にしてくださる人達もいる。そんなことを再認識《さいにんしき》していると、セバスさんの空間魔法だろう。景色が変わり、俺《おれ》達は街の門まで戻っていた。

■ ■ ■

冒険者ギルドでの確認が終わり、日の落ちた街を歩いて宿に戻ると、そこからは明日からの探索《たんさく》に向けて、各々《おのおの》準備を行う事になった。

俺は貴族用の部屋に併設されている〝従者用の部屋〟に泊《と》めていただくことになったので、ラインバッハ様と部屋に戻る。そしてラインバッハ様は着ていた上着をセバスさんに渡すと、ソファーに腰《こし》を下ろしながら、声をかけてきた。

「色々あったが、何事もなくてよかったのぅ」

「そうですね。おかげさまでギルドでの話も早く終わりましたし、ギルドカードも安心して使えます」

公爵家の先代当主であるラインバッハ様に、元騎士団長のシーバーさん、さらに元宮《きゅう》廷魔導士《ていまどうし》のレミリーさん。おそらく1人でもVIP待遇《たいぐう》を受けられるような方が、3人も同行してくれたので当然なのかもしれないが……先日のギルドとはまるで違う、とても丁《てい》寧《ねい》な扱《あつか》いを受けた。

あれはあれで、ちょっと居心地《いごこち》が悪かったけれど、おかげでギルドカードの確認は二つ返事でやってもらえた。ちなみに結果は、特に問題なし。ちゃんとCランクのギルドカードになっているし、変な記載《きさい》や仕掛《しか》けもなかったそうだ。

「この程度のことなら、言ってくれればいつでも力になろう。試合の前にも話したが、リョウマ君には大きな恩がある。それはこの程度で〝返せた〟とは到底《とうてい》思えんし、それとは別に礼もしたい」

「年末の件とは別に、ですか?」

「うむ、シーバーと試合をしてくれてありがとう。実は、あやつはもう長いこと気を病《や》んでおっての……加齢《かれい》による影響は勿論あると思うが、それ以上に書類仕事中心の鬱屈とした日々が合わなかったのだろう。前線に出る機会があった頃はまだ良かったんじゃが、騎士団長就任以来、特にここ数年は会うたびに弱っているように見えた。

しかし、リョウマ君が相手になってくれたおかげじゃろう。全盛期ほどではないにしても、だいぶ昔の覇気《はき》が戻っておったわ。まさかギルドに立ち寄ったついでに、冒険者《ぼうけんしゃ》になるとは思わなかったがな……まったく、あやつはやることが極端《きょくたん》というか、思い切りがいいというか」

「そうですね……あれは僕もちょっと驚きました」

シーバーさんが元気になったのはいいことだけれど、そのまま冒険者になると言い出すとは俺も、そして友人である皆さんも、誰一人《だれひとり》として考えていなかったのだ。

あまりに急な話だったので、冒険者ではなく騎士団に復職してはどうか？　という話も出たのだけれど……シーバーさんが言うには〝周囲の反対を押し切り、自ら職を辞した以上、今になって復職させて欲《ほ》しいというのは身勝手だ。既に後任への引継《ひきつ》ぎは終えているので、仮に戻れたとしても騎士団を中心に関係各所を混乱させ、振り回すことは必至。それに、今の私が全盛期を過ぎていることは事実なので、今後は冒険者として、人々のために残された力と時間を使おうと思う〟とのこと。

騎士団を辞《や》めた時もそうだったのだろう。シーバーさんの意思は固く、俺がギルドカードの確認をしている間に、彼は冒険者登録を済ませていた。ちなみにランクは暫定《ざんてい》AランクでSランク昇格《しょうかく》がほぼ内定。

本人はFランクからのスタートでもよかったみたいだけれど、騎士団長という経歴に伴《ともな》う実力や経験を加味すると、これより下にはできないとテレッサのギルドマスターが平身低頭していた。

そもそもギルドマスターが、受付やギルドに入るや否《いな》や、荒くれ者も少なくない冒険者達が道を空けたり、受付やギルドマスターが〝登録の手続きをさせていただくだけでも恐れ多い！〟という感じだったりと、騎士団長時代のシーバーさんが、どれほどの功績と信頼《しんらい》を積み上げていたのかが、垣間見《かいまみ》えた気がする。

「お役に立てたのなら、それはいいことですし、僕も自分の未熟を思い知る事ができましたから、こちらこそ感謝しています」

「リョウマ君のためにもなったのならば、よかった。じゃが、それはそれ、これはこれじゃ。今後も何か困ったことがあれば、いつでも声をかけてほしい。何でもできるとは言わないが、ある程度のことはできる。そうでなくとも相談にはのれるからのぅ」

「はい、その時は必ず」

俺がそう答えると、ラインバッハ様は満足そうに頷《うなず》いて、ふと俺の体に目を向けた。

「体調はどうじゃ？　少しとはいえ、試合で血を失ったじゃろう」

「心配なさそうです。すぐにレミリーさんが傷を塞《ふさ》いでくれましたから、少し疲《つか》れた程度です。増血剤《ぞうけつざい》を飲んで一晩休めば問題ないでしょう」

「それなら湯の用意を頼《たの》んでおるから、準備ができたら先に入りなさい。それまでは隣《となり》の部屋で休んでいるといい」

「ありがとうございます。お言葉に甘《あま》えます」

ラインバッハ様の微笑《ほほえ》みに見送られ、俺は与えられた部屋で体を休める事にした。明日からは予定通り、アンデッドの跋扈《ばっこ》する亡霊《ぼうれい》の街へと向かう。できるだけコンディションを整えておこう。

閑話　あるギルドマスターの転落

リョウマがラインバッハ達《たち》と試合を行った、その日の夜……とある街の冒険者《ぼうけんしゃ》ギルドでは、高年の無愛想《ぶあいそ》な男と鋭《するど》い目の男がソファーに座《すわ》り、比較的《ひかくてき》若くて神経質そうな男と向かい合っていた。どこか物々しい雰囲気《ふんいき》の中、神経質そうな男が口火を切る。

「こんな時間に、ギルドマスターがお二人も連れ立って、なんの御用《ごよう》でしょうか？」

「夜分遅《おそ》くに押しかけてしまって申し訳ありません。早急《さっきゅう》に確認しておきたい事があったものでして」

「フェイルド、心当たりがあるだろう？　こちらも夜遅《よるおそ》くに突然押《とつぜんお》しかけた自覚はある、さっさと本題に入ろうじゃないか」

「心当たり……ヘンリー殿《どの》、チャールズ殿のお二人が直々においでいただくほどのこと？　皆目《かいもく》検討もつきませんね」

少し考えるそぶりを見せた後、さらりと答えた神経質そうな男は、リョウマとトラブルを起こした冒険者ギルド支部のギルドマスター、フェイルドだ。

　また、その返答を受けた2人の表情は、対照的に変化した。商業ギルドのヘンリーは、鋭い目のまま薄《うす》く笑《え》みを浮かべ、テレッサの冒険者ギルドから飛んできたチャールズは、無愛想を通り越《こ》して不快感を隠そうともしない。

「心の内を隠すのがよほど上手《うま》いのか、それとも本当に心当たりがないのか」

「フェイルド、俺達は真面目《まじめ》に話をしに来てるんだ、あまり寝ぼけたことを言うなよ。ここにリョウマ・タケバヤシという少年が来ただろう！」

「ああ、あの少年の事ですか……確かにここには来ましたが、なぜあなた方が？　もしや、何か問題を起こしましたか」

　その顔は〝やっぱりやったか〟とでも言いたげで、チャールズは今にも怒鳴《どな》り出しそうなほどに顔を赤くしている。2人の間には、明らかな温度差があった。そして、数秒後、一度はこらえようとしたチャールズの怒声《どせい》が、こらえきれずに室内に響《ひび》いた。

「この馬鹿者《ばかもの》がっ!!」

　その一喝《いっかつ》に、フェイルドは一瞬だけ身を竦《すく》ませるが、即座にチャールズを睨《にら》みつける。

「チャールズ殿、感情任せに叫《さけ》ぶだけでは、ギルドマスターとしての品格が疑われますよ」

「貴様に言われたくないわ！　品格云々《うんぬん》を語るなら、まず自分の仕事をきっちりとしてからにしろ!!」

「私は日々、私のやるべき仕事を遂行《すいこう》しています。私が仕事をしていないように言われては、心外というものです」

「この――」

「やはり貴方《あなた》は、彼に謝罪をしなかったのですね」

フェイルドのまるで悪びれることない様子に、チャールズがさらに激昂《げきこう》しかけた瞬間《しゅんかん》、ヘンリーが静かに割って入った。

「謝罪とは？　彼に対して、我々は適切な対応をしたにすぎません。何を吹き込《こ》まれたかは知りませんが、彼のギルドカードに記録されていた情報には、明らかに不審《ふしん》な点が多くあった。であれば不正を疑い、事情聴取《ちょうしゅ》を行うことは、我々が行うべき業務の一部であり、それに応じることは彼が負うべき義務です」

「そこに異を唱えるつもりはありません。商業ギルドも、彼が自ら討伐した魔獣《まじゅう》素材、および盗賊《とうぞく》からの戦利品を買い取る際には、同様に疑いの目を向けましたからね。

彼には常識外れの高効率で討伐を可能にするだけの能力があったのでしょうが、あれでは疑うなというのも無理がある」

「ご理解いただけているようで、なによりです」

「ですが、彼の説明は筋が通っていました。そして商業ギルドでは、提出された魔獣素材の劣化《れっか》具合や傷跡《きずあと》などから、彼の話は信憑性《しんぴょうせい》が高いと判断しています。その後の追加調査でも、記録のある街に人を送ったところ、彼の話を裏付ける情報が多く確認できました。

以上のことから、いくら彼が疑わしかったにしても、不正と決め付けるには早計だった。もう少しやり方というものがあったのではないか、と考えています。また、〝その後にどのような対応をしたか〟を教えていただきたい。事と次第《しだい》によっては、商業ギルドとしても見逃《みのが》せないことになりかねません」

その言葉を聞いて、フェイルドはうんざりしたようにため息を吐《つ》く。

「それでしたら、きちんと対応を行いました。彼の目的は昇級試験でしたから、受験を許可し、合格基準を超える実力を示した後に、昇級させせました。また、その際には手間をとらせたことへの謝罪を、受付の職員が伝えたと聞いています」

「それだけですか？」

「それだけ？　十分でしょう。先ほども言いました通り、我々冒険者ギルド職員は、行うべき職務を果たしただけのこと。こちらが必要と判断すれば、冒険者は事情聴取に応じる義務があります。これについては謝罪の必要性はありませんし、我々は毅然《きぜん》とした態度を取らなければなりません」

〝自分の仕事をしたまでで、落ち度はない〟と繰《く》り返し主張するフェイルドだが、冷静に言葉をかけていたヘンリーの目が急激に、冷めたものに変わっていく。

「なるほど。ああ、誤解がないように言っておきましょう。私は、彼に頼まれたからここに来たわけではありません。内容次第では、貴方の味方になることも考えていました。

各種素材の調達や、他の街へ行き来する商人の護衛など、我々商業ギルドは冒険者ギルドのお世話になる機会が多いですからね。我々は常に影響し合う関係、利益を最大化するためには、相互《そうご》協力こそが必要だと私は考えています」

「まったくです。でしたら――」

「だからこそ、困るのですよ」

当然とばかりに胸を張っていたフェイルドは、その冷淡《れいたん》な声色《こわいろ》に一瞬だけ目を剥《む》いた。

「――何がでしょうか？　私は規則に忠実に、職務を遂行していますが」

「重ねて申し上げますが、私は商業ギルドと冒険者ギルドは協力関係にあり、互《たが》いに重要な存在だと考えています。しかし……それも冒険者ギルドに対する〝信用〟があってのこと。

一方的に決め付けるのではなく、情報の精査と過《あやま》ちが起きた場合の謝罪をしっかりとしていただきたい。そうでなければ、貴方とギルドの信用はたやすく失われるでしょう」

愕然《がくぜん》とした、かと思えば鼻を鳴らすフェイルド。

「つまり、権力に屈《くっ》して規律を曲げればよかったと？　1つの支部を預かる方の言うこととは思えませんね」

「フェイルド殿、私はそんな話をしていましたか？　私は冒険者への対応と、それによるギルドに対する信用への影響についての話をしていたはずです。確かに彼には公爵家の後《うし》ろ盾《だて》があったようですが、それがあろうとなかろうと関係ないのです」

まるで話を理解していない。そう感じたヘンリーが見切りをつけようとした、その時。今度はそれまで話に入らず、黙《だま》っていたチャールズが口を挟《はさ》む。

「ヘンリー殿の言う通りだ。大体、公爵家の権力に屈するなどとんでもない！　とでも言いたげだが、屈したのはお前の方ではないか。件のリョウマという少年から、公爵家の名前が出たとたんにコロッと態度を変えて、試験を受けさせたと聞いているぞ」

「私が実力を確認しようと判断した時に、その少年が公爵家の名前を出しただけでしょう。私は忖度《そんたく》などしていませんよ」

「ぬけぬけと……言っておくがな、今日の夕方、その少年がうちのギルドに来たぞ。しかも公爵家の先代当主に、かの有名な先代騎士団長と、あの死影《しえい》の魔女《まじょ》まで連れて、だ。これがどういう意味か、分からないとは言わないだろうな？」

ここで初めて、フェイルドは困惑《こんわく》を露《あらわ》にする。

「まさか本当に公爵家を、いやそれよりも、公爵家があの程度のことで動いたと？」

「偶然《ぐうぜん》、街で顔を合わせたと話していたが、正直どこまで本当かは分からん。しかし、今挙げた3人が同行していたのは事実だ。少年の実力についても、3人が連名で保証した。だからこそ俺は話が終わってすぐに、緊急《きんきゅう》時のために確保している空間魔法使いを使ってまで、お前に話を聞きに来たんだ」

そしてチャールズは、リョウマがギルドカードを受け取った後のこと。さらに、テレッサのギルドを訪れた理由が〝ギルドカードの確認〟のためだったことを話した。

「昇格したはいいが、少年は新しいギルドカードに変な仕掛けや、不利な情報が記載されている可能性を懸念《けねん》していた。追手を警戒《けいかい》して、空間魔法《まほう》でこの街を離《はな》れたりもしたらしい。お前にとっては〝あの程度〟でも、お前が、ひいてはここのギルドの対応が、それだけ不信感を抱《いだ》かせたってことだろうが！

いいか、公爵家云々を抜《ぬ》きにしても、こんな対応を続けていたら、ギルドと冒険者の信頼関係に致命的《ちめいてき》なヒビが入るぞ！　特にうちのギルドはこの国の最西端の辺境だ。うちで対処しきれない問題が起きた場合、真っ先に頼《たよ》るのは必然的にここになる。

こちらとしては、死活問題にもなりかねんのでな、キッチリ説明をしてもらいたい」

「……心外ですね」

「なに？」

「それではまるで、私が彼を陥《おとしい》れたり、追手を差し向けて私刑《しけい》を行ったりする、と言っているようなものではありませんか。私はギルドマスターとして、そんな対応をした覚えはありませんし、そんな疑いをかけられるいわれもない、と言っているのです。

どうにも彼は、聊《いささ》か物事を大きく語っている、もしくはそう思《おも》い込むほど臆病《おくびょう》なのでしょう。冒険者とはそういうものです。小さな手柄《てがら》で、さも自分が英雄《えいゆう》のような顔をする。そういう輩《やから》に限って、いざとなると気が小さいものですからね」

堂々と言い放たれた持論に、商業ギルドのヘンリーは絶句。一方で、先ほどまで声を荒げていたチャールズは、どこか納得《なっとく》した様子。

設置されていたランプの火が立てた、ごく小さな音が耳に届くほどの沈黙《ちんもく》が流れる。ここで、室内で最も平然としていたフェイルドが、最も早く外の異変に気づいた。

「……せ！　どう……ことか……話……させろ!!」

「……騒《さわ》がしいですね。まったく、来客中だというのに。ちょっと失礼」

しかし、ソファーから腰を上げる前にその喧騒《けんそう》は近づいて、

「ここか！」

「なっ、何事ですか！」

「いやがったな、このクソ野郎《やろう》！」

「ちょっと、ブライアンさん！　ダメですって！」

応接室内に乱入したのは、筋肉の塊《かたまり》のような男。その後ろには、男を引き止めていたであろうギルドの職員が複数人、しがみついては強引《ごういん》に振《ふ》り払《はら》われるを繰り返している。

「来客中です！　出て行きなさい！」

「知ったことか！　テメェ、俺《おれ》を処分ってどういうことだ⁉　今すぐキッチリ説明しやがれッ！」

「誰《だれ》か！　この男を連れて行きなさい！」

「すみませっ、でもこの人、力が強すぎて！」

「我々にはとても抑《おさ》えきれず……」

「俺があの子供に取った態度が悪いって書いてるが！　そりゃお前の指示でやったことだろうが！　それを理由に処分なんて、納得できるわけねぇだろ！　撤回《てっかい》しろ！」

職員を振り払う合間に男が叫んだ乱入の理由は、室内にいた全員の耳に届く。

「子供、それはもしや」

「おい、ブライアンだったか？　もしかしてお前がリョウマって子供の試験を担当したっていう、試験官か？」

「あ？　そうだよ！　それがどうした⁉」

「その話、俺達にも聞かせろ。テレッサのギルドマスター、チャールズが証言者としてブライアンの参加を要請《ようせい》する。フェイルド、お前が自分に落ち度がないと思うなら、いいだろう？」

「はぁ……別に構いませんが、結論は変わりませんよ？　リョウマ・タケバヤシへの対応も、ブライアンへの処分も規定に則《のっと》ったものですので」

「だったらテメェにも処分はあるんだろうな⁉」

「……ブライアン、ここは話し合いの場です。チャールズ殿にも言いましたが、感情任せに叫ぶのはやめなさい。そもそも、この場にいるのは私も含《ふく》めてギルドマスター、貴方とは立場が違《ちが》います。慎《つつし》みなさい」

「ふざけたこと――」

「やめんかッ!!!!」

再び、チャールズが一喝すると、２人の言い合いが一旦《いったん》止まる。

「フェイルド、お前はしばらく黙っていろ。それからブライアン、こいつが頭にくるのは俺もよく分かるが、こいつに付き合ってたら話ができん。悪いがこいつはいないものと思って、何があったかを教えてくれんか」

「……ああ、分かったよ。さっきも言ったが、俺がここに来た理由はこれだ」

若干《じゃっかん》落ち着いた様子のブライアンが、握《にぎ》り締《し》めていた1枚の紙をチャールズに差し出す。

そこにはブライアンに対する報酬《ほうしゅう》の減額と罰則《ばっそく》、また、そこに至る経緯《けいい》を通知する文言が書かれていた。

「冒険者ギルドが依頼した試験監督《かんとく》の代行中、受験者の尊厳を傷つけ、冒険者ギルドの威《い》信《しん》を著《いちじる》しく損《そこ》なう言動を行ったため、以下の処分を下す……とありますね」

「そうだ。俺は確かに、試験を受けに来た子供に対して、こけにするような態度を取った、それは認める。だが！　それはそいつから〝貴族の後ろ盾を持ったガキが、他人の権力を笠《かさ》に着て、不正な実績で昇級しようとしている〟、そう聞いたからだ！」

ブライアンはフェイルドを、今にも殴りかかりそうな目で睨みながら続ける。

「もちろん、個人的にムカついたのは否定しない。だけどな、Cランクになれば冒険者としては一人前、それなりの実力者とみなされる。受けられる討伐依頼の量は増えて、難易度も相応に上がる。場合によっては下のランクの冒険者を率いるリーダーになる事だってある。

そんな時に不正で昇級した奴《やつ》が指揮官になったらどうする？　分不相応な依頼を受けて1人で勝手に死ぬならまだしも、他人まで巻き込みかねない。冒険者としても、試験官としても、絶対に許しちゃならない行為《こうい》だ。

そんなことを許すくらいなら、試験が原因でそいつが潰《つぶ》れたって構わない、なんなら潰してやった方がそいつのためになるとすら思った。何度も言うが、俺の感情が多く入ってるのも事実だよ。

だがそれは試験前、お前に話を聞かされた時点で考えていたし、俺がやることもお前に伝えていたよな？　それに対して、お前は何も言わなかった！　だったらお前も同罪だろうが！」

説明するにつれて、再び感情が高ぶったブライアンが声を荒《あら》らげるが、フェイルドは怯《ひる》むことなく、それどころか深いため息を吐く。

「どうやら誤解があったようですね」

「何だと⁉」

「私は彼《かれ》に不正の〝疑い〟があると伝えただけであって、不正をしていると決め付けてはいませんよ。むしろ、そういう疑いがあるからこそ、試験官の貴方にしっかりと見極《みきわ》めていただきたいと伝えたはずです。

そもそも、私が貴方に試験官代行を依頼しているのは、私自身は戦闘《せんとう》に関する知見が乏《とぼ》しく、試験官を務めるには不適格だからに他《ほか》なりません。それでも、我々は受験者に対して適切な試験を行い、合否の判断を行わなければならない。そのために貴方のような冒険者に依頼して、試験中はその全《すべ》てを一任しているのです。

無論、私としても不正は許せませんから、貴方の個人的感情、憤《いきどお》りは理解します。ですが、それを職務に持ち込んでいいというわけではありません。受験者が誰、どんな事情であれ、試験官である貴方は規定に則った厳粛《げんしゅく》な試験を行うべきでした。

私は貴方を試験官として信頼していたので、試験前に受験者への不満を零《こぼ》していても、試験中は適切な対応をしてくださると思っていたのですが……残念ながら、そうではなかった。だからこそ、その紙に書いてある通りの処分を決定したのです。お分かりですね？」

流暢《りゅうちょう》に紡《つむ》がれる言葉に反して、周囲との摩擦《まさつ》はさらに大きく、円滑《えんかつ》とはかけ離れていく。

「……ああ、分かったよ。自分には責任がない、全部俺が勝手にやったことだって言いたいわけだな」

「そうは言っていませんよ。貴方に試験官を任せていたギルドにも落ち度がないとは言いません。今後は試験内容を見直し、試験官の態度に対する指導を厳しく、再発防止に努めていく所存です。当然ですが、貴方にも指導を受けていただきます。

今回の処罰《しょばつ》はあくまで警告ですが、今後、規定を遵守《じゅんしゅ》した試験を行っていただけない場合は、残念ですが以後の契約更新《けいやくこうしん》は見送らせていただくことも考えられます。ですので——」

「もういい」

「――え？」

とうとう我慢《がまん》の限界に達したブライアンは、意外にもあっさりと立ち去ろうとする。その様子は、応接室まで乗り込んだ男と同一人物とは思えないほどに静かで、感情に乏しく見えた。

「この仕事は嫌《きら》いじゃなかったが、お前の下で働くのはもうごめんだ。次と言わずに今すぐ辞めてやる。どうせ試験官失格なら、構わないだろ」

「そうですか、であれば下で手続きをしてください。ああ、契約《けいやく》期間を満了《まんりょう》せず、自己都合で依頼を破棄《はき》するのであれば、違約金《いやくきん》も発生しますし記録にも残りますよ」

「何だ？　脅《おど》しか？　俺もあのガキに言ったみたいに、捕まえるぞってか？」

「いいえ、事前にギルドの規則をお伝えしたまでのこと。後々、知らなかった、不利益を被《こうむ》った、などと言われても困りますので」

「そうか、やっぱり話にならねぇな。色々言ってるが、結局〝自分は悪くない〟って言いたいだけだろ。中身がないんだよ、お前」

その言葉を最後に、ブライアンは応接室を出て行ってしまう。

そんな彼に続くように、

「俺も帰る」

「では、私も失礼しましょう」

「お二人まで、突然《とつぜん》どうされました？」

「ブライアンが言ってた通りだ、お前と話していても会話にならん。おそらく、あのリョウマという少年も同じ気持ちだったろう。前から多少頭が固いのは知っていたが、それは真面目な奴だからだと思っていた。それが、蓋《ふた》を開けてみればこんな奴だったとは……お前、冒険者が嫌いだろう。何で冒険者ギルドのギルドマスターやってんだ？」

「職務だからです。それに、私は冒険者を嫌ってなどいませんよ。ただ規則に忠実に、職務を遂行しているだけです」

「……冒険者ってのは、いろんな奴がいる。真面目な奴もいれば、チンピラみたいな奴もいる。ギルド職員に絡《から》んで、いやな思いをさせる奴も、悲しいが少なくはない。職員一筋でそこまで昇進《しょうしん》するまでには、色々あったとは思う。

だがな、冒険者に寄り添《そ》えない奴に、冒険者を見下してる奴に、冒険者ギルドのギルドマスターが勤まるとは、俺には思えん。今回の件は、俺から本部に連絡《れんらく》させてもらう。そして、お前の解任を請求《せいきゅう》する。首を洗って待ってろ」

「待ってください！　それはどういう意味ですか⁉　私の何が悪いと言うのですか⁉」

〝本部への連絡〟、〝解任請求〟。それを明確に突《つ》きつけられたフェイルドは、流石《さすが》に焦《あせ》ったのだろう。それまでののらりくらりとした態度に、明らかな動揺《どうよう》が生まれる。

「フェイルド殿、私は商業ギルドの長として、冒険者ギルドとの付き合いを断《た》つつもりはありません。しかし、今後の付き合い方は考えさせていただきます。ギルドの運営に関《かか》わる全ての決定権を持つのがあなたでは、率直《そっちょく》に申し上げて〝取り引き相手として不安〟ですから」

ヘンリーがそう言い残すと、2人はフェイルドの静止を聞かず、振り向きもせずに部屋を出て行く。そして、1人残されたフェイルドはというと……静かに腕《うで》を組み、一度だけ深く息を吸い、抑えていた不満を零し始めた。

「まったく、突然押しかけた挙句に失礼な……チャールズ殿も所詮《しょせん》は〝冒険者あがり〟ということか。しかし、商業ギルドのヘンリー殿まで、いったい何がそこまで……私は規則に従っただけで、そうか！　受付の彼女の報告に嘘があったのか。私の知らない何かがある、それなら辻褄《つじつま》があう！」

いくら思考をめぐらせても、まず〝自らの非を認める〟という思考が出てくることはなく、フェイルドはすぐにリョウマを担当した受付嬢を呼び出した。

そんな、的外れな解釈《かいしゃく》と行動のツケは、思いのほか早くやってくる……

■
■
■

翌朝

「何故《なぜ》、職員が３人しかいないのですか⁉」

この日、出勤した職員は僅《わず》か３人。それも不満に満ち、今すぐに出て行きそうな顔をしている。

「労働拒否《ストライキ》による抗議です。貴方が我々の抗議を受け入れ、謝罪と辞職をしないのなら、皆が辞めると言っています」

「どういうことですか⁉　昨日まで何事もなく仕事をしていたのに、いきなり辞めるなんて」

「だから、アンタのせいでしょ⁉　あんたが昨日スーザンを呼び出して、ありもしない不《ふ》祥事《しょうじ》の自白を強要したから！　それを聞いた全員が、もうやってられるかって話になったのよ！　私も受付の責任者じゃなかったらここに来てないわ！」

「なっ」

「ギルドマスター、俺らもいい加減、あんたにはうんざりなんですよ。俺らの話もろくに聞かずに、何かにつけてあんたが自分の都合のいいように解釈した規則を押《お》し付けてくる。

あんたはギルドマスターで、俺らは一職員。立場があるから口には出さなかったけどね、仕事がやりにくくて仕方ないし、指示も説明もいまいち腑《ふ》に落ちない。だから皆、ずっと不満でしたよ。今の状況《じょうきょう》は、それがここ数日の件で爆発《ばくはつ》しただけです」

「不満があるなら言えばいいでしょう！　言ってくれれば私も考慮《こうりょ》した！　改善の努力をせず、何も言わずに勝手に辞めるだなんて、これでは今日の運営にも支障が出てしまう」

「貴方の取れる方法は2つのどちらかです。ギルドを閉めるか、貴方1人で全ての業務を行ってください。我々も代表者としてここにいるだけで、働くために来たわけではありません。クビにするならいつでもどうぞ、我々は覚悟《かくご》ができています」

「ちなみに、先日の件が商業ギルド経由で商人に、ブライアンさんが辞めた経緯が酒場経由で冒険者に、そして街中に広まりつつあるらしいから、隠蔽《いんぺい》しようとしてももう無理よ。私達にだって、もうどうしようもないもの」

「聞いた話では、この街を出て行く事を考えている冒険者もそれなりにいるみたいですよ。今後どうなるかは分かりませんが、まず間違《まち》いなく大変でしょ。ギルドマスターの椅子《いす》にしがみつくつもりなら、精々、頑張《がんば》ってください」

それで言いたいことは言い終わったのか、3人の内、受付の責任者を名乗る女性と、管理を担当していた男が立ち去る。

　そして残るは、フェイルドともう1人。

「サブマスター……私を追い出したとしても、ギルドマスターにはなれませんよ。こんなことをすれば、ギルドに損害を与《あた》える。貴方だって何らかの責を負うことに」

「言ったはずです、私も辞める覚悟だと。今更《いまさら》ここのギルドマスターになったところで、貴方の尻拭《しりぬぐ》いに奔走《ほんそう》するだけ。それならどこか他所のギルドで、下働きをしながらほどほどに上を目指す方がよっぽどいい」

　そもそも、貴方のような人間がギルドマスターになれたのは、ここが辺境の小さな街のギルドだから……早い話が左遷《させん》されたからでしょう？」

「左遷とは失礼な。どこのギルドであれ、支部に優劣《ゆうれつ》などありません。そのような意識を持っているようでは」

「中身のない能書きは結構。貴方のような勤続年数が長いだけの無能と違って、私は他所にいける程度の能力はあると自負しています。たとえ冒険者ギルドをクビになったとしても、働き口のあてはありますので困りません。では、私も失礼します。

　そうそう、貴方が辞める事を決断したのなら、私の家にご連絡を。直接でも手紙でも、どちらでも構いません。退任の意思が確認《かくにん》できれば、希望する職員を集めてギルドの運営を再開します」

こうして、とうとう1人になったフェイルドは4日後……ギルド本部からの使者により、ギルドマスター権限を凍結《とうけつ》され、そのまま更迭《こうてつ》された。その後の彼がどうなったかは、きっと語られることはないだろう……

8章5話　装備の更新と従魔達　その1

試合の翌日。

朝からラインバッハ様達と共に街を出て、ひたすら西の峡谷《きょうこく》を移動する。

ここ〝トレル峡谷〟は、長い年月をかけて生まれた自然の迷路《めいろ》。ひたすら西へと進めば国境があるため、そこまでは広くて整備された街道《かいどう》もあるけれど、俺《おれ》達の目指す〝亡霊の街〟はテレッサから見て北西。少々方向が異なるために、街道を外れて左右を高い崖《がけ》に囲まれた、横幅《よこはば》の狭《せま》い谷間に入っていく。

目的地までは、直線距離《きょり》ならさほど遠くはないらしい。しかし、道は分岐《ぶんき》が多く複雑で、起伏《きふく》も激しいそうだ。今のところはただ歩くだけだが、数回、崖をロープで降りる必要もあるという話だし、道の状態によっては迂回《うかい》の必要もあるので、到着《とうちゃく》には2日かかる見込《みこ》み。

幸いなのは、シーバーさんがこの渓谷《けいこく》をよく知っているとのことで、案内役を買って出てくれたこと。この峡谷と亡霊の街は、新人騎士《きし》の行軍訓練によく使われているそうで、新人の頃《ころ》から指導をする立場になるまで、何度も足を運んだことがあるのだとか。

「もうしばらく歩けば、少し広い場所に出るはずだ。昼には少し早いが、そこを越えるとしばらく道が悪くなるので、一度大休止にしよう」

「了解《りょうかい》です」

「うむ。ところでリョウマ、今日の装備は昨日とだいぶ違うのだな。見たところ既製品《きせいひん》ではないようだ。特注か？」

「はい。実は冒険者の他に副業もありまして、ありがたいことにそちらで稼《かせ》げているので、趣味《しゅみ》と実用を兼《か》ねて、スライムの素材を活用した装備開発を頼んでいるんです」

以前からティガー武具店のダルソンさんを通して、職人さんに依頼《いらい》していたスライム装備だけれど、今年の春からはそれがさらに強化された。

その理由は、以前の防刃《ぼうじん》装備に使われていた〝スティッキースライムの糸〟に加え、取り込んだものを溶《と》かして糸に作り変える〝ファイバースライム〟や、蜘蛛《くも》のように糸で巣を作る〝スパイダースライム〟。さらにその体を金属製の糸のようにできる〝ワイヤースライム〟など、材料として使えるスライム糸のバリエーションが増えたことが1つ。

そしてもう1つは、俺が公爵《こうしゃく》家の技師に就任したことで、これまで個人的に協力をお願いしていた職人さん達が〝研究協力者〟になってくれたこと。中でも防具を頼んでいた工《こう》房《ぼう》の職人さん達は、工房丸ごと専属になってくれた。

理由を聞けば挑戦《ちょうせん》がしたいとか、若手を多く抱《かか》えているのでいい経験になるなど、いろいろあったらしいけれど、やはり一番の理由は〝お金〟。競合他社が多くて売れ行きが伸《の》びない既製品よりも、金払いの良い俺の専属になった方が、収入が増えると判断したとのこと。

金がすべてとは言わないが、やはり資金力があると、色々と物事がスムーズに進みやすい。

「そういう事情がありまして、生み出された新型が今着ているこの鎧《よろい》一式です。種類としてはクロースアーマーと呼ばれるものですね。動きやすさを重視して、高強度でありながら柔軟性《じゅうなんせい》と伸縮性《しんしゅくせい》を兼ね備《そな》えている、スパイダースライムの糸を基本にして作られています」

スパイダースライムの糸をベースに使った防具は、それ単体でも作業着として使えるくらい頑丈《がんじょう》で、関節の動きを阻害《そがい》しない。その着心地《きごこち》から俺がイメージしたのは運動用の〝ジャージ〟。それを職人さんに参考のつもりで伝えたために、外見もほぼそのままだ。

そこへ、さらに防御力《ぼうぎょりょく》を高めるため、要所にはスティッキースライムの糸で織った布を、クッション材と共に重ね合わせた〝防刃緩衝材《かんしょうざい》〟を仕込《しこ》んである。実験では魔力《まりょく》や気によ

る強化がなければ、刃物《はもの》や至近距離からの矢を通さず、ある程度の衝撃《しょうげき》も軽減した。

防具としての特性はさほど変わっていないが、性能面は旧型の完全上位互換《ごかん》と言っていいので、個人的にはとても満足している。

「そうか、胸当てを着けていないのは、私が壊《こわ》してしまったからかと思っていたが」

「むしろ、交換《こうかん》の良い機会でした。貧乏性《びんぼうしょう》なのか、旧型がまだ使えるともったいなくて、新型に換《か》えるタイミングが……あっ、今は着ていませんが、必要に応じてこの上から着用できる、ベスト型と上着型の防具も用意してあるんですよ」

それらには金属板、もしくはファイバースライムの能力で作ることができた〝ガラス繊《せん》維《い》〟を硬化《こうか》液板に混ぜ込んだ〝ガラス繊維強化プラスチック〟もどきのプレートを入れられる。

フラッフスライムの綿毛を初めとして、思いついた素材を与えて実験したところ、ファイバースライムは植物素材に限らず、金属なども溶かして糸状に成型することが可能だと判明した。目的の物に合わせて素材や時間は必要になるけれど、その特性は今後も幅広《はばひろ》く活用できるだろう。

「当然、攻撃《こうげき》を受け続ければ破損はしますが、実験ではCランクの獣《けもの》系大型魔獣の牙《きば》や爪《つめ》でも、一撃《いちげき》で貫通《かんつう》することはありませんでした」

「あら、軽装でそれなら悪くない性能ね」

ここで、レミリーさんが興味を持ってくれたようだ。

「歩き方を見ていれば、動きやすいのは確かだと分かるし、それって私も注文したら買える？」

「まだ一般販売《いっぱんはんばい》はしていませんが、可能ですよ。レミリーさんはラインバッハ様のご友人ですし、元宮廷魔導士《きゅうていまどうし》なら信用も十分でしょう。僕《ぼく》だけだと男性目線の意見しか出せないので、使用感を教えていただけたら助かります。

あ、サンプルとしてこの生地《きじ》や予備もあるので、休憩《きゅうけい》の時に確認しますか？　そっちは傷つけても構いませんので、いろいろ試《ため》しても大丈夫《だいじょうぶ》ですよ」

「なら、遠慮《えんりょ》なく試させてもらおうかしら。私も冒険者に戻《もど》るから、装備を整えないとと思ってたのよ」

「えっ？　レミリーさんも冒険者に、いや、戻るってことは元々は冒険者だったんですか？」

「宮廷魔導士になる前に、ちょっとね。シーバーちゃんが冒険者になるって言うし、私も今後の予定は特にないから、しばらくは一緒《いっしょ》に活動することにしたの」

「それは、なんというか、凄《すご》いことになりそうですね」

元騎士団《きしだん》長と元宮廷魔導士、どちらも国に仕えていた実力者だし、2人が組んだら名実共に、国内最高峰《さいこうほう》のパーティーになるのではないだろうか？

「ん～、それはどうかしらね？　宮廷魔導士の経歴でAランクにはなれそうだけど、シーバーちゃんはともかく、私はそこまで活動意欲があるわけではないもの。暇《ひま》つぶしみたいな感じになりそうだし、そもそも長く活動していなかったから、カンも取り戻さないといけないんだけど……」

「それでも、レミリーがいれば助かることは間違いない。性格はともかく、実力は確かだからな」

「と、こう言ってる人もいるし、老人を1人で放《ほう》り出すのも心配だから、ほどほどにやるわ」

「私が老人なのは認めるが――」

おっ、と……シーバーさんがすべてを言い切る前に、レミリーさんから殺気交じりの鋭《するど》い視線が飛んできた。直接向けられているわけではないけど、2人の間に俺がいる関係で、俺まで睨まれた気分になる。

「――うんっ、失礼。あー、見えたぞ、あそこで休もう」

わざとらしい咳払《せきばら》いに、露骨《ろこつ》な話題の転換《てんかん》をして、シーバーさんは谷間の先へ。そこは隕石《いんせき》が落ちたクレーターのように、綺麗《きれい》な円形に周囲の崖が削《けず》り取られた広場だった。やろうと思えば、ここで運動会もできそう。

「思ったよりも広いですね。人の手もそれなりに入っているみたいですし」

「ここは騎士団の行軍訓練の際、休憩や野営に使われることがあるからな。管理はされていないが、年に数度、数十年間使われていれば、それなりに整ってくる。

そもそも、このトレル峡谷は大昔に大規模な魔法実験場として使われていた場所であり、目的地としている〝亡霊《ぼうれい》の街〟は、その後に建てられた刑務所《けいむしょ》と処刑場《しょけいじょう》の跡地《あとち》だ。人の手が入っている場所は少なくない」

「なるほど……あっ、皆《みな》さん、うちの従魔《じゅうま》も出していいでしょうか？　定期的にディメンションホームの外に出したいですし、防具の説明の間に食事の用意もお願いできるので」

「私は構わんよ。魔獣も部屋の中に詰《つ》め込まれていては息が詰まるだろう」

シーバーさんの答えに、他3人も異論はないとのことだったので、ディメンションホームを使い、中にいる従魔達に声をかける。外での食事は何度もやっているので、すぐに用意を整えて出てくるはず。そう思って待っていると、まず最初に出てきたのは、エンペラースカベンジャースライム。

「ぬぉっ⁉」

「え、何これ……」

「おお、これはまた、前に見たものより随分《ずいぶん》と大きなスライムじゃな」

「相変わらずですね、リョウマ様」

ラインバッハ様とセバスさんは、俺が大量のスライムと、その集合体であるビッグスライムと契約していることを知っているため、あまり驚《おどろ》かなかった。しかし、シーバーさんとレミリーさんは違った模様。

簡単に、今出てきたエンペラースカベンジャーについて説明すると、

「確かに昨日、大量のスライムを引き連れていたところは見た覚えがあるが、ビッグ、いやエンペラーというのか？　大きさもそうだが、1万匹《びき》とは」

「私も人生で始めて見たわよ、こんなの」

「確かに、ビッグスライムは野生でも稀《まれ》に見られるそうですが、エンペラーは……どうなんでしょうね。よっぽど大量発生でもすれば、ありえるのかな？」

そんなことを考えていると、エンペラースカベンジャーの後ろから、ゾロゾロとゴブリン達《たち》が出てきた。彼らは野生ではないと一目で分かる整った服や装備を身に着け、その手には武器や荷物を持ち運んでいる。

俺にとってはなんともない、今となっては普《ふ》通《つう》の光景だけど……ここでなぜか、皆さん

がエンペラーとは違った反応を示す。

「どうしました？」

「なんというか、こっちもこっちでちょっと予想の斜《なな》め上を行ったわね」

詳《くわ》しい説明を求めると、代表してラインバッハ様が教えてくれた。

「ゴブリンの群れは階級社会じゃ。群れのリーダーが全てを支配し、集めた食糧《しょくりょう》もまず群れのリーダーから食べ、残りをその下が食べる。そのため、下の者ほど食べ物が少なく痩《や》せ細《ほそ》り、上の者は十分な量を食べるので体格が良く、強くなる傾向《けいこう》がある。だから慣れている者が見れば、ゴブリンの体格からおおよその食糧事情や階級、強さも推測できるのじゃよ。

リョウマ君のゴブリンは大半が、おそらくリョウマ君の下で繁殖《はんしょく》した個体じゃろう。全体的に体つきがしっかりしている者が多く、十分な食事をしていることが伺《うかが》える。比較的《ひかくてき》痩《や》せ細った個体は、討伐《とうばつ》の生き残りではないか？」

「ご明察の通りです。食事量に関しては、人間の一食と変わらないくらい。テイマーギルドで教わった目安と比較《ひかく》しても多いですし、健康と体作りのために栄養剤《えいようざい》を与えています」

ゴブリンは食事量によって、数がネズミ算のように増えていき、さらに強い個体も生まれ易《やす》くなる。その危険性を考えると、食糧を制限して管理するのが安全で、無難ではあるのだろう。

しかし、俺は飼い主として、また作業を手伝ってもらう報酬として、衣食住は十分に与えることにした。ちょうど栄養剤の研究もしていたので、どんな変化があるのか、興味が出たという理由もある。

「そうか、栄養剤……どんなものかは知らんが、そこのホブゴブリンは、肉体的にはゴブリンナイトと同等じゃろう。率直に聞くが、命令に反抗《はんこう》して暴れたりはせんか？」

「何度か反抗されました」

最初の反抗は、初めての出産の1週間後。増えたゴブリン達があっという間に成体になり、徒党を組んで我侭《わがまま》になった。最初に捕獲《ほかく》した8匹の親は俺に従っていたけれど、ゴブリンの繁殖力《はんしょくりょく》と成長速度が災《わざわ》いして、人数的にも戦力的にも多勢に無勢。

そのため、

「親ゴブリンだけでは抑えきれそうになかったので、わざと隙《すき》を見せて襲《おそ》い掛《か》かってきたところを返り討《う》ちにして、言うことを聞かせました。今は階級社会の一番上に僕がいる状態です」

「そういえば、以前に大規模なゴブリンの巣の殲滅《せんめつ》に参加しておったな。それにシーバーと対等に戦えるなら、生まれて間もないゴブリンに遅《おく》れはとらんか。力を示して、従えていると」

「はい。その証拠《しょうこ》になるかは分かりませんが――」

ゾロゾロと出てきているゴブリン達は、俺と一緒にいる皆さんのことが気になっているようで、こちらをチラチラ、個体によってはジロジロと見てくる。そこで、従魔術《じゅうまじゅつ》で全体に一言〝絶対に手を出すな〟と釘《くぎ》を刺《さ》しておく。

その途端《とたん》、

「ゴブッ！」

「ギギッ！」

ゴブリン達は一斉《いっせい》に理解したのだろう。俺に向かって頷《うなず》きや敬礼など、各々《おのおの》返事をするようなしぐさを見せてから、昼食準備に専念する。彼らの言葉は分からないが、態度はとても分かりやすいのだ。

「――この通りです」

「なるほど、しっかりと手綱《たづな》は握れておるようじゃな」

「はい。以前の件とその反抗で、ゴブリンの繁殖速度とその危険性はこの目で見たので、注意はしています」

「そうか……どうやら、いらぬ節介《せっかい》だったようじゃの」

「万が一がないように、そう言ってくださるのは本当にありがたいことですよ」

俺は腕に自信と過去の経験があるからいいけれど、同じことを普通の初心者がやったら、おそらく命はないだろうし、逃《に》げたゴブリンが他人に危害を加える可能性もある。テイマーギルドで〝ゴブリンに餌《えさ》を与えすぎないように〟と注意喚起《かんき》が行われているのも当然だ。

「そう言ってくれると助かるが、子供らしくないのぅ。まるで大人を相手にしているようじゃ」

困ったような、しかし優《やさ》しげなラインバッハ様の言葉にどう応《こた》えればいいか。返答に困った俺は、昼食の用意を始めているゴブリン達に目を向けた。

8章6話　装備の更新と従魔達　その2

俺がゴブリン達に目を向けたことに気づいたからか、シーバーさんが聞いてきた。

「リョウマ、あのホブゴブリンが着ている甲冑《かっちゅう》が気になるのだが、あれらも試作品か？」

シーバーさんの視線の先には、準備を行っているゴブリン達を囲むように散開しているホブゴブリン達がいた。彼らは主に群れの中でも闘争心《とうそうしん》が強い個体で、野外活動では非戦闘員の多いうちのゴブリン達の護衛担当。今も周囲の警戒《けいかい》をしながら、所々で武器の素振《すぶ》りをしている。

彼らの甲冑は、以前に倒《たお》した剛剣《ごうけん》兄弟の甲冑を参考に、錬金術《れんきんじゅつ》でパーツを作って組み上げた自作の品だけど、なかなかいい感じに仕上がったと思う。

「あれは試作品ですが、職人の作ったものではないので、どちらかといえば周囲への牽制《けんせい》用ですね」

「ああ、前に話していた絡まれないようにするためのホブゴブリンか。なかなかの体格に重厚《じゅうこう》な甲冑、背中に大剣《だいけん》を背負った状態で問題なく動けているようだから、確かに強そうに見えるな」

「材料には一般的《いっぱんてき》な鉄よりも比重が軽い〝ジュラルミン〟という合金を使っているので、強度のわりに軽くて動きやすいと思います。難点としては錆《さ》びやすいので、炭《すみ》を混ぜたスティッキースライムの粘着液《ねんちゃくえき》を塗布《とふ》して錆《さび》の防止、あとは光沢《こうたく》を抑《おさ》えて重厚感を出しています。

あと、彼らにも最低限の戦闘訓練はしていますから、討伐依頼《とうばついらい》でもそれなりに活躍《かつやく》していますね。贔屓目《ひいきめ》もあるかと思いますが、見掛《みか》け倒《だお》しというほどではないかと」

体の小さいゴブリン達には遠距離《えんきょり》、体格に恵《めぐ》まれて力のあるホブゴブリンは近接……といった具合に大雑把《おおざっぱ》に分けて、矢や魔法《まほう》の一斉掃射《いっせいそうしゃ》、それを凌《しの》いで近づいてくる敵を近接部隊が迎《むか》え撃《う》つのが基本戦術だ。

リムールバードに頼《たの》めば空から索敵《さくてき》をしてもらえるし、スライムの力を借りれば短時間でも罠《わな》や陣地《じんち》が作れる。そして俺《おれ》が空間魔法を使えば速く、人目につかず移動も可能。これらの要素をゴブリン達の数と組み合わせて先手を取れば、さらに有利に戦うことができる。

ごく基本的なことだけど、有利な状況を作れれば、それだけこちらは安全になる。ここ数ヶ月の討伐では、ゴブリン達の一斉掃射だけで瓦解《がかい》する盗賊《とうぞく》団や魔獣《まじゅう》の群れも少なくな

かった。

「思ったよりもしっかりと〝部隊〟として運用しているな……さしずめリョウマは大将であり参謀《さんぼう》ということか」

「あ、参謀と言っていいかは分かりませんが、それっぽいのは別にいますよ。コハクというジーニアスチキンが1羽《わ》」

コハクは食用の卵が目的で購入《こうにゅう》したクレバーチキン達のリーダー、というかほぼクレーム処理担当。家畜《かちく》として大切に育てられたからか、温室育ちでわがままなクレバーチキンを取りまとめるコハクは、まだ生後1年も経《た》っていない小さな体で群れをまとめている。

そんな、心労の多そうな彼を見てなんとなく、気晴らしになればとチェス盤《ばん》を作ってみたところ……コハクはすぐさまルールを覚えて、俺はあっという間に勝てなくなった。

その後、コハクがチェスを群れの仲間に教えたところ、熱中した個体からの文句が減ったり、争い事をチェスで解決するようになったりして、結果的に負担が減ったととても感謝されたのだけれど、まったくの想定外だしちょっと複雑。

「でも参考になるので、時々話を聞いています」

「それは、どうなんだ？　そもそも、クレバーチキンはそんな魔獣だったのか？」

「まず、家畜にチェスを教えるという発想がないからのぅ……クレバーチキンは頭が良い、人の言葉を理解すると言われているが、チェスを嗜《たしな》むという話は知らん。しかし、実際にできているなら、教え方次第《しだい》で可能なのかもしれん」

意見を求められたラインバッハ様は、迷いながらそう答えた。さらに、もしかすると富《ふ》裕層《ゆうそう》に人気の見世物になるかもしれない、と続ける。

「物珍《ものめずら》しい存在として、でしょうか？」

「それもあるが、貴族にとって頭を使うゲームは教養の一部じゃ。貴族が大会を開くことも、強い選手を召抱《めしかか》えることも、一時的に雇《やと》い入れて指導を受けることも珍《めずら》しくない。それほどに、富裕層で熱を入れている者は金をかけるんじゃよ。

教えればチェスができるなら、クレバーチキンをチェスの選手として育成し、クレバーチキン同士で試合をさせる大会が生まれるかもしれん。そうなれば、専門の従魔術師《じゅうまじゅつし》もでてくるじゃろうな」

「まるで馬みたいですね」

「競《きそ》うものが足の速さかチェスの強さかというだけの話で、まさしくその通りじゃよ」

「流行《はや》り廃《すた》りはあるけれど、その手の競技と市場はいつの時代もなくならないからね。貴族は新しいものにも飛びつくし、上手《うま》くやれば儲《もう》かるんじゃないかしら」

地球にも今は動物愛護とかで公には禁止されているけれど、闘犬《とうけん》とか闘鶏《とうけい》とかの競技もあったしな……というか、それもある意味闘鶏と言えるのでは？　なんかイメージ悪いな、チェス鶏《どり》、はダサいか。

そんなことを考えていると、今度はセバスさんから質問。

「クレバーチキンの件も気になりますが、リョウマ様、先ほどからゴブリン達が引いている金属製の荷車は何でしょうか？　荷台が鍋《なべ》のように見えますが」

「あれは野外で大人数の食事を調理するために作った移動式の竈《かま》のようなもので、あの上で大量の調理ができるようになっています」

冒険《ぼうけん》用の装備について考えた時、日本の自衛隊には調理のための車両がある、という話を思い出して試作した〝野外炊具《すいぐ》〟。ただし詳しい知識がなかったので、昔あった焼き芋《いも》の移動販売《はんばい》のような、煙突《えんとつ》付きのリヤカーになってしまった。

構造も防火対策と大型のガスコンロを積《つ》み込《こ》んでいるだけで、さほど複雑ではない。でも、それだけに壊れても自力で修理が可能だし、頑丈で使い勝手も悪くない。

ちなみに燃料として使っているのは、スカベンジャースライムが吐《は》き出す悪臭《あくしゅう》に含《ふく》まれている〝メタンガス〟。天然ガスの主成分であり、牛のゲップや人間のおならなどにも少しは含まれている。

スカベンジャーも1匹では微量《びりょう》しか吐き出せないが、1万匹も合体したエンペラースカベンジャーなら排出量《はいしゅつりょう》は圧倒的《あっとうてき》に多くなる。その代わり、メタンガスと一緒に吐き出される悪臭成分も多くなるのだけれど……

「そういった不要な成分を取り除くために必要なのが、隣《となり》に置いてある装置です」

この装置も至って単純で、小学校の理科実験でやる〝水上置換法《ちかんほう》〟の解説図のような構造。スカベンジャーが管の中にメタンガス入りの悪臭を吹《ふ》き込んで、デオドラントが待機している吸臭液の中を通すことで、悪臭成分のほとんどを除去してもらう。

そして残った微量の悪臭成分とメタンガスは一時保管のスペースに溜《た》まり、気圧で上部に配置した管へと送られる。そこにはフィルタースライムが待機しているので、飛沫《しぶき》や液の流入を防ぎ、微量の臭《にお》いとメタンガスだけがコンロに送られる。

「と、ざっくりですがこんな仕組みになっています」

「スライムが生み出す〝地竜《ちりゅう》の吐息《といき》〟のようなものを利用しているのですね」

「地竜の……すみません、僕はそちらの方が分からないのですが」

「地竜の吐息とは古くから〝地中から噴出《ふんしゅつ》する風〟を指す言葉でございます。火をつけると激しく燃える、あるいは吸うと有害な風で、火山地帯で被害《ひがい》が出やすいことから〝地面の下や洞窟《どうくつ》には地竜がいて、その吐息が漏《も》れている〟という話になったとか」

「それでしたら、地竜の吐息の一種と考えていいと思います。地面の下、あるところにはあるものですし、地表に噴出する場合もあります。それに、使い方を誤ると危険なのも事実です」

あの野外炊具も、野外やしっかりと換気《かんき》ができる場所での使用が前提。そして、万が一漏出《ろうしゅつ》した場合にも気づけるように、悪臭も完全には取り除かないことにしている。

「それに、現状では臭いの除去に使う液の量と交換速度の調節、ガスを吹き込む速度の調節、ほぼ全《すべ》てスライムありきの運用ですから、安全性の他《ほか》にも課題が多いです。あの野外炊具にしても、火の魔法道具を使った方がよほど安全だし普及《ふきゅう》もしやすいと思うので、完全に趣味の品ですね」

仕組みの問題だけでなく、ガスの扱《あつか》いは専門知識がなければ大事故に繋《つな》がる。俺はガス関係のバイトをやって資格も取ったけど、昔の話。他人に教えられるほどかと言えば、自信はない。少なくとも今は、自己責任で個人的に使うくらいが限度だろう。

「しばらく会わないうちに、また色々と研究しておったんじゃのぅ」

「ここまでくると、その背負子《しょいこ》も何か工夫《くふう》があるのかしら」

「はい。この背負子には先ほどの甲冑と同じ合金で作った管を骨組みにすることで、強度を確保したまま軽量化しています。また、腰《こし》のベルトで体にフィットさせることで、重量を体で支えやすくしていますし、万が一荷物を捨てなければならない場合はこの部分を押せば金具が外れるので、素早《すばや》く戦闘《せんとう》や逃走《とうそう》に移れます。

骨組みの外には緩衝材《かんしょうざい》としてラバースライムのゴムを貼《は》っているので、多少の衝撃はものともしません。また、収納量は多くありませんが、底板も引き出し付きの収納スペースになっているので、小物や壊れやすいものなどを入れておけます。

取り出しやすい場所なので、僕は応急処置に使う医薬品や器具を入れていますよ」

「ふむ、一度持たせてもらってもいいか？　あと、やはり甲冑も予備があれば見せてほしい」

「もちろんです。試作品は色々ありますから、ごゆっくりどうぞ」

「わしらにも見せておくれ」

あれ？　いつのまにかセールスみたいになっている、けどまあいいか！

こうして昼食ができるまで、俺は新装備の試作品の説明を続けるのだった。

8章7話　昼食中の雑談

「むぅ……この味、香《かお》り、まるで街中で作られたようだ。これが保存食とは信じられん。しかもこの短時間、袋《ふくろ》ごと茹《ゆ》でるだけで食べられるなら野営にも、行軍にも適している。私の現役《げんえき》時代にこれの存在を知っていれば、確実に騎士団と軍に導入するよう交渉《こうしょう》したぞ！」

　ゴブリン達の昼食準備が終わり、温められたレトルト食を披露《ひろう》したところ、シーバーさんが特に強く食いついた。

「シーバーちゃん、気持ちは分かるけど興奮しすぎよ」

「しかし、屋外かつこの短時間で、普通の料理が食べられるというのは大きいのぅ」

「こちらのフリーズドライというスープも、湯を注ぐだけでこれです。冒険者《ぼうけんしゃ》もそうですが、軍の糧食《りょうしょく》としても優秀《ゆうしゅう》なのは間違いないかと」

「リョウマ、これの販売予定はあるのか？　あれば多少高くとも購入したいのだが」

「気に入っていただけたようで嬉《うれ》しいのですが、この保存食に関してはジャミール公爵家、現当主のラインハルト様に製法を伝えて、全てお任せしていますので」

「むぅ……そうか……確かに、これの有用性を考えれば、貴族でない個人では抱えきれんだろう」

「後《うし》ろ盾《だて》がなかったら、馬鹿《ばか》な貴族が狙《ねら》ってくること間違いなしだもの。いい判断だと思うわ。あ、こっちも本当に美味《おい》しい。

それにしても、スライムって意外と役に立つのね」

そう呟《つぶや》いたレミリーさんは、急に静かになり、何かを考えているようだ。食は進んでいるので、味が気に入らないわけではなさそうだけど、どうしたんだろうか？

「どうしたんじゃ？　急に黙《だま》り込んで」

「んー、リョウマちゃんのスライムの話を聞いて、もったいないと思ったのよ。ちょっと前に王都の知り合いから聞いたんだけど、王立魔獣研究所のスライム研究室が閉鎖《へいさ》されるらしくて」

「えっ？　そうなんですか？」

王都の魔獣研究所。確か、うちの店で働いてくれているコーキンさんの昔の職場だ。

「なんじゃ、ラインハルトから聞いていなかったのか？」

「王都のことは特に何も……スライム研究室が冷遇《れいぐう》されていることは、元研究員の知人から聞いていましたが、閉鎖というのも初耳です」

「なら、ここ数年、魔獣の目撃例《もくげきれい》や被害が増加傾向にあることを知っているかしら？」

「それも噂《うわさ》程度には」

「過去の記録を遡《さかのぼ》ると、同じように魔獣が増えて大きな被害を出す時期が何度かあったらしくて、国の上層部は警戒を強めているのよ。戦において重要な物は沢山《たくさん》あるけど、その中に〝情報〟があるでしょう？

　仮想敵が魔獣であれば、魔獣の情報が必要になる。通常とは異なる性質を持つ亜種《あしゅ》や新種も増える可能性もあるから、そんな時に頼《たよ》りにされるのが魔獣研究者であり、彼《かれ》らの集まる〝王立魔獣研究所〟ってわけ。

　これからさらに研究員の仕事は増えていくだろうし、今のうちから優先度の低い研究を打ち切って、研究資金や物資を集中させていくべき。研究所の上層部は、そう判断したらしいわ」

　含みのある言い方が引っかかるが、それより気になるのは、スライム研究員の処遇《しょぐう》。

「スライム研究室にいた人は、どうなるのでしょうか？」

「心配せずとも大丈夫じゃよ。解雇《かいこ》される研究員の内、希望者は全員ジャミール公爵家が預かり、面倒《めんどう》を見ることになっている」

「そうなんですか⁉」

「はい。閉鎖の決定前に、国王陛下から直接打診《だしん》があったそうです。諸々《もろもろ》の手配に少々私も関《かか》わりましたが、旦那様《だんなさま》は〝研究員には公爵領でもスライムの研究を任せる〟と仰《おっしゃ》っていたので、我々はリョウマ様の下につけるものだとばかり」

「スライム研究を――」

セバスさんの言葉を聞いて、1つだけ心当たりが思《おも》い浮《う》かんだ。

それは、俺が技師に就任した後、今後についての打ち合わせをした時に出た話。ラインハルトさんは俺が使っていた食糧《しょくりょう》生産拠点《きょてん》に興味を持ち、その効果の検証も兼ねて、新しい農村を作ろうかと話していた。

その目的は大きく分けて2つ。1つはスライム農法が1から10まで俺以外にも可能か否《いな》か、またその効果などを検証し、客観的な評価を行うための実験場として。もう1つは、できた作物を全て公爵家が直接買い取り、いざという時の備蓄《びちく》や食糧支援《しえん》を手厚くするため。

将来的にはレトルトやフリーズドライなど、保存食への加工と工場建設まで視野に入れて検討していることもあり、規模の拡大はほぼ確実。そのため、最初から村づくりと運営は第三者に任せ、俺は直接関わらないという話になっていた。

俺としては損もなく、今後も自由に動けるのであればいいので、了承《りょうしょう》していたけれど……ラインハルトさんからそんな提案があったのは、国王陛下の打診があったからだったのかもしれない。王族との取り引きに関係するなら、安易に話せないこともあるだろう。

「費用対効果は気になりますが、この保存食の製法に、救援《きゅうえん》物資の生産と備蓄を専門とする村があれば心強いのは間違《まちが》いありませんな」

「その責任者として誰《だれ》かを矢面《やおもて》に立たせるならば、まだ若いリョウマ君よりも、王都で働いていた研究者の方が、諸々の話は進みやすいか」

「あと考えられるのは、身柄《みがら》を預かる研究員が、理由はどうあれ〝研究所を追い出された人〟ってことかしらね。預かりはするけどしばらくは様子見ってことかしら？」

「冷遇されていたことは不憫《ふびん》だと思うが、今の人間性が分からんからな。職を失いかけ、もう後がないと切羽詰《せっぱつ》まっている者、功を焦《あせ》った者……そのような状態の連中を、いきなりリョウマに会わせたら、魔が差さないとも限らん」

そう言って、シーバーさんは保存食や野外炊具など、俺の装備へと目を向ける。他の3人も、そして俺もその言葉には納得《なっとく》だ。

「不安がないと言えば嘘《うそ》になるが、そこを上手くやるのが領主としての腕《うで》の見せどころとも言えよう。研究者達にも、仕事とやり直す機会が与《あた》えられた。あとは、ラインハルトと彼らの努力次第じゃな」

「そうですね」

スライム農法の利点の1つは、農業を行うに必要不可欠な〝農地の確保〟が容易なことだ。俺がギムルの街中に拠点を作っていたように、大きめの倉庫を1つか2つ用意すれば、街中でも食糧や保存食の生産に入れる。

公爵家なら信用できる人材も手配しやすいだろうし、何よりこの世界には魔法がある。どこかを一から開拓《かいたく》するとしても、ある程度の生活環境《かんきょう》ならさほど時間をかけずに用意できるはずだから、頑張《がんば》ってほしい。

それとは別に、個人的に気になることがもう1つ。

「ところで……先ほど少し話に出てきた国王陛下はどんな方なのでしょうか？　差し支《つか》えなければ、教えていただけると嬉しいのですが」

国王陛下、エリアス・デ・リフォール……俺が知っているのはその名前だけだ。でも、ユーダムさんの件でこちらの情報はある程度伝わっていると思うし、今回の件も無関係ではないかもしれない。こちらに関わってきそうなら、少しでも人柄《ひとがら》を知っておきたい。

事情を説明すると、レミリーさん以外が口ごもった。

「エリアスちゃんのことなら、心配はいらないと思うわよ？　あの子は王族としては破天《はてん》荒《こう》だけど、話は分かる子だから」

「そうなんですか？」

「ああ、それは間違いない。王として厳しい決断もする方だが、非情な人間ではないからな。スライム研究室の不当な扱いも以前からご存《ぞん》じで〝いい大人がくだらないことをしおって〟と憤《いきどお》っておられた。さらに、王立の研究所に勤める職員は〝国の頭脳〟と言ってもいい。スライム研究室の人材も、本来は優秀な人材のはず。今回の件は、風通しを良くするための苦肉の策だろう」

「仮に、彼らを解雇せず別の研究室に移したとしても、スライム研究室にいた研究員への扱いが変わるとは限らないからね……隠《かく》れて同じ状況《じょうきょう》が続く可能性があるなら、いっそ切り離《はな》して、新しい環境で研究をさせた方が研究員のためにも、国益にもなると考えたのかも」

「その研究が国に利する、価値あるものであれば、公爵《こうしゃく》家を通して技術や知識の提供を受けることもできますからな。宮廷《きゅうてい》貴族はあまりいい顔をしませんが、陛下は必要ならば躊《ちゅう》躇《ちょ》せず、大胆《だいたん》な決断をされる方ですので」

「陛下がヴェルドゥーレの子息を通じて情報を掴《つか》んでいたのなら、リョウマ君のことはまず間違いなく織《お》り込み済みじゃろう。

しかし、リョウマ君が我が家《わがや》の技師となった以上は、当主であるラインハルトの頭越《あたまご》しに、無茶《むちゃ》な命令をすることはあるまい。王族だからと貴族の権利を蔑《ないがし》ろにすれば、己と王家の信用に傷がつく。そのあたりの損得勘定《かんじょう》ができない方ではない」

そう言って笑うラインバッハ様。他の皆さんも、レミリーさん以外は多少言葉を選んでいるようだけれど〝問題ないだろう〟という意見は一致《いっち》している。なら、大丈夫なのだろう。

「分かりました。では、何かあったら相談させていただくということで」

「あら、意外とあっさりしてるわね。これだけでいいの?」

「気にならないと言えば嘘になりますが、理不尽《りふじん》な方ではないことが分かれば十分かと。年末年始の話が漏れることは想定内ですし、対応は公爵家の皆さんに、納得の上でお任せしていますから、それでいいと思います。そう思えるくらいには、信用していますので」

俺が笑顔《えがお》でそう答えると、皆さんも笑顔を浮かべる。

そんな穏《おだ》やかな時間が終わりを告げたのは、遠くの空から聞こえた鳴き声だった。カラスのような高い声が耳に届いたゴブリンは警戒を発し、同じく食事をしていたゴブリン達がざわめき、武器を手に取る者もいる。

「あれは、ハリスクロウの群れね。食事の匂《にお》いに誘《さそ》われたのかしら」

「おそらくな。ああ、まともに相手をする必要はないぞ。あれは数こそ多いが個々の戦力は低く、臆病《おくびょう》な魔獣だ。少し脅《おど》かしてやれば逃げていく。このようにな」

俺はゴブリン達を鎮《しず》めながら、魔法を放てる態勢を整えていた。しかし、それを言葉で制したシーバーさんが『トルネード』と唱えると、彼の手元から強めの風が渦《うず》を巻いて空へ伸《の》び、迫《せま》ってくる20羽ほどを吹き散らす。さほどダメージは与えていないようだけれど、ハリスクロウの群れは散り散りになって一目散に逃げだした。

「あれは倒そうと思うとそれなりに面倒だからな。この方が早いし魔力《まりょく》も体力も温存できる」

「ありがとうございます、シーバーさん」

「何、この程度ならいくらでも蹴散《けち》らそう。私もまだまだ十分にやれると、昨日気づかせて貰《もら》ったからな！　はっはっは！」

……シーバーさん、昨日と様子が少し変わったな。

「シーバー、調子に乗って無理をしすぎるでないぞ。気が若返ろうと、確実に歳《とし》を取っておるのじゃからな。わしらも昔ほどは動けんし、何かあっても助けられるとは限らん」

「それは分かっているとも。だが、あの程度の魔獣に易々《やすやす》と負けるほどではない、ということだ」

「まったく、調子のいい奴《やつ》じゃ。大体おぬしは昔から単純で――」

「それを言ったらお前こそ、昔は勢いが――」

明るくなったというか、だいぶ元気になった気がする……と思っていたら、ラインバッハ様と言い合いを始めた。しかし、険悪な雰囲気《ふんいき》ではない。セバスさんとレミリーさんは何事もなかったかのように食事に戻《もど》っているし、彼らは本当に長い付き合いなのだろう。

歳をとってもそういう付き合いがあることは、ちょっと羨《うらや》ましいな。

8章8話 初めてのアンデッド

　昼食を終えて再び渓谷《けいこく》を進むと、シーバーさんが話していた通り、だんだんと道が悪くなってきた。周囲は常に岩場か崖《がけ》に囲まれて、同じような景色が続いている。案内がなければ、道に迷ってもおかしくない。

　そして、魔獣と遭遇《そうぐう》する頻度《ひんど》も徐々《じょじょ》に高くなった。どれも小型ばかりで簡単に追い返せるが、油断は禁物。弱い魔獣でも一瞬《いっしゅん》の不注意が命取りになることもあれば、足場の悪さで連鎖的《れんさてき》に事故を起こす可能性もある。

　……とはいえ、常に気を張り詰めていては、無駄《むだ》に消耗《しょうもう》してしまう。注意は怠《おこた》らず、適度に力を抜《ぬ》きながら歩みを進めていると……妙《みょう》な気配と共に腐臭《ふしゅう》が漂《ただよ》ってきた。

「この臭いは」

「ああ、この先にアンデッドがいるな。おそらくゾンビだろう」

　シーバーさんの予想は正しく、20秒ほどその場で待つと、腐《くさ》った人の死体がゆっくりとした歩みで、蛇行《だこう》して死角になっていた道の先から姿を現した。

事前に調べた限りでは、この世界のアンデッドは夜や日光の当たらない場所を好み、そういった場所で活発に活動する。しかし、日光の下で活動できないわけではないらしい。また、動きも大人が普通に歩く程度には速いようだ。

ただ、走れば十分に逃げられるし、機敏《きびん》というわけでもないので、他の魔獣と比較してことさらの脅威《きょうい》を感じるというわけではない。視覚的、嗅覚《きゅうかく》的な不快感は強いけれど、それだけ。

「では、まずはアンデッドの性質を確認《かくにん》しておこう」

言うが早いか、シーバーさんはゾンビに駆《か》け寄り、ハルバードを振《ふ》るってゾンビを肩口《かたぐち》から斜めに一閃《いっせん》、さらに胴体《どうたい》を真っ二つ、計3つに分けて戻ってきた。

「今は魔法を使わずに武器のみで叩《たた》き切ったが、これはあまり効果がない。すぐにでも再生し、襲いかかってくる」

その言葉通り切り分けられて地に落ちたゾンビの肉体が這《は》うように集まり、再生を始めている。

「ゾンビのみならず、アンデッド系の魔獣は大抵《たいてい》再生能力を有している。これを武器のみ、特に刃物《はもの》で倒すのは非効率的だ。無理とまでは言わないが、どうしても武器のみで倒すのならば、鈍器《どんき》で徹底的《てっていてき》に叩き潰《つぶ》す方が早い。

しかし、種類によってはそれも通用しない場合があるので、やはり魔法による攻撃《こうげき》が有効かつ基本的な対処法だろう」

ここで先ほどのゾンビが完全に再生し、再度こちらに向かってきた。するとシーバーさんがウインドカッターを放ち、またゾンビを腰から上下に分かれさせる。ゾンビはまた再生を始めるが、先ほどより再生速度が若干遅《じゃっかんおそ》いようだ。

「見ての通り、魔法だと再生が遅くなり倒すのも楽になる。これはアンデッド系魔獣が闇《やみ》属性の魔力により動いており、その魔力が魔法によって散らされるからだと言われている。また、属性や攻撃の形態によっても効果に差は出るが、最も効果的なのが光魔法だ。確かリョウマは光魔法が使えると言っていたな？　次に再生が終わったら、ライトボールを撃ち込んでみるといい」

俺は言われた通りに、再生が済んだゾンビにライトボールを撃ち込んでみた。

「『ライトボール』！」

「あ、ああ！」

手元に生まれた光の玉を、ゾンビに向けて一直線に飛ばす。すると光は胸に着弾《ちゃくだん》し、そのまま貫《つらぬ》いただけでなく、周囲の肉と骨をごっそりと消滅《しょうめつ》させていた。ゾンビは苦しいのか悲鳴をあげたが、その傷は今までの様に再生する気配がなく、そのまま足を止めて倒れてしまう。

「レミリー」

「威力《いりょく》も速さも十分ね。基礎《きそ》はできているわ。でも当たりどころが悪いと完全に仕留められない時があるから、できるだけ今みたいに胸か頭を狙って、それ以外なら2、3発は必要になると思っておいた方がいいわ」

「分かりました。でも、ライトボールをアンデッドに使うと体力が消滅するんですね……亡《な》くなった方々がアンデッドになると聞きましたが、普通《ふつう》の死体はライトボールで消えたりはしませんよね？」

「うむ。ただの死体であれば、光魔法で消える事はない。アンデッドとなる時に肉体に何らかの変化が起こると考えられている。真実は定かではないが……全てのアンデッドが元々死体だったわけではなく、死体がなくとも自然発生する事があるから、謎《なぞ》が多いな」

「アンデッドの体そのものが闇属性の魔力で構築されている、っていう説もあるけど、古い曰《いわ》くつきの物が変化したり、宿ったり、色々あるから一概《いちがい》には言えないのよね」

疑問点について説明を受けている間にも、1匹《ぴき》ゾンビがやって来る。そして俺がもう一度魔法《まほう》を放とうとすると、レミリーさんに止められた。

「リョウマちゃん、昨日の試合で無詠唱《むえいしょう》を使っていたわよね？　一応そっちも見せてもらえる？　属性は気にしなくていいから、使い慣れているので今できるだけのことを」

「分かりました」

そういうことなら、風でやろう。そう考えると同時に、両の手を風属性の魔力で包む。次の瞬間《しゅんかん》には、左右の拳《こぶし》から放たれた圧縮空気の塊《かたまり》で、ゾンビの頭部と胸骨を粉砕《ふんさい》することに成功。

「ほう、〝エアハンマー〟か。それもほぼ同時に2発」

「こちらも威力、速度共に十分ですね。先ほどのライトボールと比較《ひかく》しても遜色《そんしょく》ないでしょう」

「リョウマ君は前から魔法が得意じゃったが、また腕に磨《みが》きをかけたようじゃな」

シーバーさん達《たち》の感想を聞く限り、悪くないと考えて良さそうだ。しかし、レミリーさんの顔を見てみると、なんだか困ったような顔をしている。

「何か問題でもあったでしょうか？」

「問題はないんだけど、どう指導すればいいか悩《なや》むわね……魔法を教えるにしても、基礎がなってなければ、そこから指摘《してき》しないと～と思ってたんだけど。その辺は飛ばして良さそうね。でも、リョウマちゃんの魔法って、たぶんだけどほぼ独学よね？」

「はい、分かってしまいますか」

「〝元〟だけど宮廷魔導士《きゅうていまどうし》だもの。学園とか軍とか、あと師匠《ししょう》について専門的に学んだ魔《ま》法使《ほうつか》いは、最初から体系的な指導を受けているから、良くも悪くも型にはまっているし、魔法の使い方に癖《くせ》がないから分かりやすいのよ。

でもリョウマちゃんは、魔力放出や属性変換《へんかん》といった基礎の基礎こそちゃんとしているけど、魔法はそこに工夫と発想を加えて、好きなようにやってるでしょう？　さっきの無詠唱も文句はないんだけど〝魔法を撃った〟というよりも〝風の拳で殴《なぐ》った〟みたいな感じだったし」

おお……専門家にはそこまで正確に分かるものなのか、それとも俺が分かりやすいのか？　どちらかは分からないが、レミリーさんの仰る通りだ。

俺が無詠唱を使えるようになったのは、ごく最近のことで、そのきっかけは年末に編み出した〝スライム魔法〟。最初は気づいていなかったけれど、あれは対象に同化したスライムへ、従魔術《じゅうまじゅつ》を通して指示（魔法のイメージ）を伝えて操《あやつ》っていたけれど、その際に特定の詠唱はしていない。

それに気づいて、スライム魔法の感覚を元に、より〝自然に魔法を使う〟イメージを作ったところ、これが大成功。無詠唱の訓練はだいぶ前から始めていたけれど、この自然に、魔法を使うイメージができて、成功率も威力も急上昇《きゅうじょうしょう》した。

　また、そのために俺の無詠唱魔法には、前世の経験から呼吸するようにできる〝武術の動き〟を絡《から》めてある。たとえば空気を圧縮して撃ち出し、その圧力で衝撃《しょうげき》を与えるエアハンマーなど、撃ち出すタイプの魔法なら〝正拳突《せいけんつ》き〟。昨日の試合で使ったアースニードルなら〝下段蹴《げだんげ》り〟といった具合に。

「普通は何年も同じ魔法の反復訓練や実戦を重ねて、徐々に感覚を掴むのだけど、あなたは得意な武術とスライム魔法?を組み合わせることで感覚を養ったのね。若干《じゃっかん》、騎士《きし》が使う魔法剣術《けんじゅつ》に近い気もするわ。

　これが学生相手なら、指導内容もある程度決まっているからそれに沿って、あとは習熟度を考慮《こうりょ》すればいいんだけど……指導の仕方に悩むわね」

「レミリー様、リョウマ様にはレミリー様の使える魔法を見せて、あとは実践《じっせん》するのが最適かと考えます。リョウマ様は以前から独自に魔法を作り、使っていた方ですから、どんな魔法かを説明すれば、後はご自分で調整できるでしょう」

「セバスが空間魔法を教えた時も、そうして中級魔法まで習得していたからのぅ」

「じゃあ、そうしましょうか。とりあえずやってみて、合わないようならまたやり方を考えればいいし」

　大人達が俺への指導方針を決めてくれたところで、地を這うような音と共に、またしてもゾンビが姿を現す。

「む……また来たのか」

「シーバーさん、何か変ですか？」

「先ほどの戦闘音に反応したのかもしれんが、街道《かいどう》から半日程度の場所で、この短時間に3体というのは少々多く感じる」

「魔獣《まじゅう》が増えているという話もありましたし、ここのアンデッドもそうなのかもしれませんね」

　そんな話をしながら、出てきたゾンビに対処をしようとしていると、

「リョウマちゃんの訓練にはちょうどいいじゃない。せっかくだし、今度は私が光の中級魔《ま》法《ほう》を見せてあげるわ」

　話に加わったレミリーさんが、おもむろに持っていた杖《つえ》をゾンビに向け、呪文《じゅもん》を唱える。

「『エクソシズム』！」

　杖の先からバスケットボール程《ほど》の光の球が出たかと思えば、ゾンビに当たる。しかし、その光の玉はゾンビを貫くことなく、弾《はじ》けてゾンビの体を包み込み、まるごと消滅させた。

「見ての通り、この魔法は対象のアンデッドを光属性の魔力で包み込む魔法よ。ゾンビくらいだとそのまま消滅させられるけど、動きの速い個体や、高位のアンデッドを捕縛《ほばく》する

のにも使えるから、覚えておいて損はないわ。

消費魔力は1回につき1500くらい。普通のゾンビやスケルトン相手に連発するのは魔力が勿体《もったい》ないから、普段《ふだん》はライトボールで、ここぞという時にこれを使うといいわ。アンデッドには火魔法も効果が高いし、ある程度まとまった集団だと延焼《えんしょう》させる方が効率的なこともあるけど……ま、その辺は状況しだいってことで。回数重ねて慣れていけばいいでしょう」

こうして俺《おれ》はアンデッド系魔獣の対策を学び、道中に出てくるゾンビやスケルトンを相手に練習を重ねていくのだった。

8章9話　予想を超える大群

時折出てくるアンデッドと戦いながら、歩くこと約2時間。道と呼べるのか怪《あや》しく思うほど荒《あ》れた道を進み、坂を上り、ある岩山の頂上に着いた。眼下には岩に覆《おお》われた台地が雨水により、長い年月をかけて浸食《しんしょく》されて生まれた無数の谷が広がっている。

それは雄大《ゆうだい》な自然の力強さを感じさせる、観光地になっていてもおかしくないくらい素《す》晴《ば》らしい景色……だけど、

「地獄《じごく》絵図だな……」

ここから見下ろせる谷底。それも、俺達《おれたち》がこれから降りて進もうとしているルートに、数え切れないほどのアンデッドが犇《ひしめ》いていた。これでは折角《せっかく》の景色が台無しだし、移動にも影響《えいきょう》が出るだろう。経験豊富な大人組も、その大群を見て困った顔をしている。

「どうしましょうか、あれ」

「いるのはゾンビとスケルトンみたいだけど、数が多いわね。上位種が交ざっていてもおかしくないわ」

「迂回《うかい》する方が手っ取り早いとは思うが、見てしまった以上は放置するのも心苦しいのぅ」

「街道までは距離《きょり》があるが、隣国《りんごく》との通商に影響が出る可能性もある。ここで倒《たお》しておくに越《こ》したことはない」

「目的はありますが、急ぐ旅ではありません。少し時間をかけても問題はないでしょう」

この国では、アンデッドの〝死体が魔獣化したもの〟という性質から、討伐《とうばつ》には単純に排除《はいじょ》するだけでなく〝現世に囚《とら》われた死者の魂《たましい》を解放し、神々の御許《みもと》に送る〟という意味があると考えられている。俺達には余裕《よゆう》もあるので、皆《みな》さんも討伐していくつもりのようだ。

「僕《ぼく》も討伐していくのがいいと思います。ただ、問題はあの数をどうするかですね。これまで戦ってみた感じだと、僕のスライム達に頼《たの》めば対応できそうですが……アンデッドってスライムに食べさせて大丈夫《だいじょうぶ》なんでしょうか？　宗教的にも、スライムの健康的にも」

「聖職者とか信心深い人はいい顔をしないかもしれないけど、その程度じゃない？　スライムに食べさせるなんて方法を使う人は少ないと思うけど、要は討伐できればいいのよ。それに、供養《くよう》の一環《いっかん》だからって、私達が余計な危険を背負う必要もないもの。少なくとも私は特に気にしないわ。スライムの健康については知らないけど」

「私も同意見だ。最優先すべきは自分達の身の安全、討伐の成否はその次で、方法についいてはさらにその後でいい」

2人の言葉に、ラインバッハ様とセバスさんも同意してくれた。皆さんに忌避《きひ》感がないのであれば、スライム達にお願いしてもいいだろう。アンデッドを相手にした場合の反応や食べた場合の変化は実験して観察するしかないけれど……とりあえず、腐肉《ふにく》を好むスカベンジャーか、骨を食べるアシッド、あとは光魔法を使えるライトスライムがメインかな。他のスライムもサポートはできる。

「リョウマ様、スライムに対処を任せる前に、まず我々で全体の数を削《けず》るというのはいかがでしょうか？　私もアンデッドを食べたスライムがどうなるかは存じ上げませんが、アンデッドが一箇所《いっかしょ》に集まりすぎると〝瘴気《しょうき》〟が発生することがあります」

「有害な魔力のことでしたね。確かに実験をするにしても、あの数を一気に食べさせるのはどうかと思いますから、賛成です」

「ならば、わしがやろう。これまで楽をさせてもらったから、魔力にも余裕があるのでな。崖の上から火魔法を叩き込《こ》めば延焼もさせられる。それである程度は数を減らせるはずじゃ」

谷底に群れているアンデッドは飛行能力を持たない。ラインバッハ様の提案なら、大群に囲まれる可能性は低いだろう。

「あ、そうだ。ラインバッハ様、アイテムボックスに油と火薬が大量にあるのですが、それも撒《ま》きましょうか」

「おお、使っていいなら使おうか。油と火薬があればより延焼させやすく――」

ラインバッハ様が言葉の途中《とちゅう》でこちらを向いて、目を丸くしている。いや、他の3人も同じく、俺に疑問の目を向けていた。

「火薬と聞こえたが」

「スライムの体液の研究過程で、火薬のようなものを作れるようになりました。それで少し実験を。その後、昨年末の襲撃《しゅうげき》に対する罠《わな》として少々」

以前、殺し屋の襲撃を受けた時……実は、襲撃される可能性は考慮に入れて、事前に多数の罠を張っていた。疲《つか》れと睡眠《すいみん》不足と深夜テンションで、結局使わずに直接対決したけれど、準備の段階では普通の子供らしく逃《に》げるつもりだったのだ。

ただし、逃げるだけではすぐに追ってくるだろうから、足止めのために。あわよくばその罠で襲撃者《しゅうげきしゃ》に大打撃《だいだげき》を与えて、行動不能に。そう考えて用意していた罠の中に、油やまたま実験&試作していた火薬を使ったものがあった。

「結果的に罠は使わなかったので、材料がそのまま残っているんです。アンデッドのことを調べた時に火も有効と聞いていたので、どうせならと持ち込みました」

「ううむ、どこから指摘するべきか」

「普通の子供らしくと言ったが、普通の子供は襲撃対策に火薬を作って罠を仕掛《しか》けたりしないと思うぞ。そもそも火薬などという非効率的なもの、よく作り方を知っていたな」

「祖母が博識で、色々な文献《ぶんけん》を持っていたので」

「そうなのか。作れるだけの知識を持つなら、今更《いまさら》私が言うことでもないかもしれんが、取り扱《あつか》いには気をつけることだ」

……火薬を作れるようになり、調べて分かったことだが、この世界では火薬があまり使われていない。なぜなら、魔法や魔石《ませき》を用いた魔法道具が存在するから。

同じ重量の火薬と魔石で爆発物《ばくはつぶつ》を作り比較した場合、魔石の方が威力もあり、製造も管理も容易で安全性が高く、低コスト。さらに魔石は家庭用の調理器具や暖房《だんぼう》などにも使えるので、用途《ようと》の幅《はば》が広くて便利。

だから火薬は完全に魔石の下位互換《ごかん》。存在はしていても知名度は低く、知っている人にもあまり役に立たないものと思われている。……尤《もっと》も、そのおかげで火薬に対する法規制は驚《おどろ》くほどに緩《ゆる》いので、他人を巻き込む事故を起こさなければ、勝手に製造実験をしても咎《とが》められることはない。

しかし、法に則《のっと》り危険物を取り締《し》まる側だったシーバーさんは思うところがあるか……

と思ったらあっさり見逃《みのが》された。専門家でもなければ知らないし、作れない状態だからかもしれないけれど、本当に評価が低いのだろう。

まあ、別に〝火薬の価値を世に知らしめて、魔石よりも火薬を広めよう！〟なんて考えは微塵《みじん》も持っていないし、むしろ広めないようにさっさと在庫を処分したかったので、その方が都合がいいのだけれど。

「では、そうじゃな……あのあたりから魔法を撃《う》とう」

ラインバッハ様が指し示したのは、アンデッドで混雑した谷の一部。そこには切り立った崖と、だいぶ前に切れて落ちたのだろう、朽《く》ち果てた吊り橋《つりばし》の残骸《ざんがい》が見える。

異論はないので、そのまま吊り橋に向かう道中で聞いたところ、その橋はかつて〝希望の橋〟と呼ばれていたそうだ。

「この先にあった刑務所《けいむしょ》に送られる罪人は、無期懲役《ちょうえき》か死罪が確定した重罪人。しかも刑務所が運営されていた当時は規定に則った刑罰《けいばつ》だけでなく、看守の鬱憤《うっぷん》の発散や嗜虐《しぎゃく》心を満たすためだけの暴行や虐待《ぎゃくたい》、無意味な拷問《ごうもん》が常態化していた。法に触《ふ》れる人体実験をしていたという噂もあったようでな……」

「早い話が自殺の名所だったの。自殺じゃなくて、護送していた兵士が遊びで突《つ》き落とすこともあったらしいけどね。そういうことがあった場所にはアンデッドが生まれやすいし集まりやすいのよ」

「希望とはそういう意味ですか。皮肉ですね……」

「残念なことですが、人間は綺麗《きれい》な面だけではありませんので」

「せめて目に付いたアンデッドは、我々の手で魂を解放してやるとしよう」

シーバーさんの言葉に頷《うなず》くと、目印の橋の跡《あと》は既《すで》に目前。かつては整備されていたのだろう、橋の付近は障害物もなく開けていたので、崖から離れた位置に荷物を置き、準備開始。

まずは周囲の安全を確保し、落下防止に土魔法とロープ、ワイヤースライムで命綱《いのちづな》を設置する。このほぼ断崖絶壁《だんがいぜっぺき》の厳密な高さは分からないけれど、少なくともビルの5階くらいはあるので、落下防止策は用意しておくべきだろう。

そうして安全を確保したら、アイテムボックスから取り出した油入りの樽《たる》を、テンポよく崖の縁《ふち》の近くに並べていく。すると、手の空いている大人組が崖下《がいか》に投《な》げ込んでくれた。

ここで少し驚いたのは、全員が樽を押《お》したり転がすのではなく、抱《かか》えて投げ込んでいること。樽は元々ワインが詰《つ》まっていた大樽《おおだる》で、決して小さくはない。そこになみなみと油が入っているので、かなり重いはず。

気や魔力で肉体を強化しているのだろうけど、外見がそれなりに高齢《こうれい》、もしくは若い女性の4人が軽々と持ち上げて投げる姿を見ると、ちょっと意外に感じてしまう。

「ふふっ、私は積極的に接近戦をすることはないけど、この程度はできるわよ。魔法使いでも接近された場合の対処法がないと、実戦では困るどころの話じゃないもの」

「確かにそうかもしれませんが」

健康的ではあるけれど、その細腕《ほそうで》でその大樽を、さらに片手で持ち上げてポーズをとられると、まるで合成画像のような違和感《いわかん》がある。これは、まだ前世の感覚が抜け切っていないのだろうか……

「リョウマ様、宮廷魔導士と一口に言いましても、その役割は研究や後進の育成など様々です。そしてレミリー様は、魔獣や盗賊《とうぞく》の討伐および戦闘《せんとう》用の魔法研究を主に担当されていました。その実力は、宮廷魔導士の中でも屈指《くっし》と言えるでしょう」

「宮廷魔導士ならあれくらい誰でもできる、というわけではないんですね」

「左様でございます」

強化魔法も気と同じで、使い続けて錬度が上がればそれだけ魔力の運用が効率化され、効果も高くなる。また、必要に応じて魔力を消費し効果を引き上げることも可能だそうだ。

そんな話をしながら作業をしていると、

「ヴァー、ッ」

「ア……」

投げ落とすたびに樽が壊《こわ》れる音とアンデッドの悲鳴、もしくは潰れる音が峡谷《きょうこく》に響《ひび》き渡《わた》る。日中の光を避《さ》けるためか、アンデッドの群れにはほとんど隙間《すきま》がないので、どこに投げても1回につき最低でも2、3体は巻き込まれているようだ。

「リョウマ君、そのくらいでよかろう」

「もういいんですか？　まだ油だけで、在庫の半分程度ですが」

「大樽で30も投げれば十分じゃろう」

「むしろ、あれでまだ半分なのか」

「スライムと魔法があれば、植物油の原料は大量に作れますから」

油はもういいとのことなので、ディメンションホームからスライム達を出しておく。とりあえずエンペラースカベンジャースライム1匹と、ビッグアシッドスライム1匹、光魔法が使えるライトスライムも1匹。戦闘の補助にはメタルとアイアン、あとはスパイダーとスティッキースライムを各50匹くらいで十分だろう。

「スライムの準備もよさそうじゃな。では始めよう」

準備が整ったことを確認したラインバッハ様は、崖下に投げ落とした樽を狙《ねら》ってファイヤーボールを連射した。火球はまっすぐ、誰かに阻《はば》まれることもなく、狙い通りに着弾して炎上《えんじょう》。瞬《またた》く間《ま》に勢いを増して壁《かべ》となった炎《ほのお》は、次々とアンデッドを飲《の》み込んでいく。

アンデッドも逃げようとはしている様子。しかし、炎の勢いと範囲《はんい》に元々の動きの遅さ、さらに混雑もしているので、ほとんど動けていない。

崖の間を吹《ふ》き抜ける風がさらに炎を煽《あお》り、生まれた黒煙《こくえん》が視界を悪くしては、再び風で視界が開ける。その合間に覗《のぞ》く業火《ごうか》に焼かれながら、無数の死体と人骨が苦しみ悶《もだ》えるように蠢《うごめ》く光景は、まさに焦熱地獄《しょうねつじごく》だ。

「……ねえ、ラインバッハちゃん。今のってただのファイヤーボールよね？　燃え広がるのが速くない？」

「うむ……いくら油を撒いたとはいえ、水分を含《ふく》んだ死体が炎上するにはもう少し時間がかかると思うが」

「あの油は罠に使う予定だったので、増粘剤としてスティッキースライムの粘着液《ねんちゃくえき》が混ぜてあります。ただの油より服や皮膚《ひふ》に付着しやすく取れにくいので、そのせいでしょう」

その一工夫《ひとくふう》のおかげで、料理にも燃料にも使えず、商品にもできなくなった。油を持て余した最大の原因である。

「そのような工夫《くふう》までしていたのですか」

「対人用の、もはや兵器だな。この分なら討伐も想定より楽になるだろう」

「お役に立てたならよかったです」

しかし、この調子なら、これだけで下のアンデッド全滅《ぜんめつ》もありえるのではないだろうか？　下の惨状《さんじょう》を見てそう思ったので聞いてみると、

「それはないだろう。アンデッドはしぶといからな」

「普通の油よりは効果が高いとしても、4分の3くらいが限界じゃないかしら」

「元が数え切れん程だからな、半数倒せるだけでも助かる。残ったアンデッドも短期間に再生を繰《く》り返して弱っているはず、十分に意味はあるじゃろう」

3人の見立てで、そういうものなのかと納得《なっとく》するが……下の火が収まるまで、だいぶ時間が必要そうだ。もちろん、あの大群を正面から相手にするより効率的で安全なのだろうから、文句はないけど。

「そうだ、さっき上から見た時も思いましたが、すごい景色ですよね」

「そういえば、興味深そうに周りを見ていたわね。こういう景色は初めてかしら？」

「山や森には慣れていると思いますが、ここほど広大な渓谷は初めてです。ここができるまで、一体どれくらいの年月をかけたのか、見当もつきません」

「この峡谷は大体1500年位だったはずよ。当時存在したとされる〝神の子〟が魔法の修行《しゅぎょう》に使っていて、その影響で地形が変わったらしいわ」

「へぇ……あの御伽噺《おとぎばなし》の」

神の子とは、過去の転移者を指す言葉の1つ。彼《かれ》らの中には、その存在や行動が今に至るまで語《かた》り継《つ》がれている人がいる。俺がこの世界に来た当初、ガイン達から貰った本にはそう書かれていた。

「脚色《きやくしよく》、あるいは事実が歪曲《わいきよく》している部分は多々あると思うが、その存在は御伽噺ではないぞ？　なにせ、魔法の鍛錬《たんれん》の結果としてこの渓谷を作ったのは、過去のこの国の王だ。しっかりと国の歴史書に、その名と逸話《いつわ》が残っているからな。

神の子であった王〝マサハル〟は生まれながらにして強大な魔力を持ち、とてつもなく強力な魔法を使う男児だった。彼の訓練で使われた魔法は幾度《いくど》も山を生み出し、地を引き裂《さ》き、切り崩《くず》し、大雨と波で押し流《なが》したという。その結果がこの峡谷だそうだ。

かの王が幼い頃《ころ》は戦時であり、その力を用いて当時のこの国は、戦線を押し返したとも書かれていたな」

「そうなんですか、初耳です」

転移者の魔法でこんな渓谷ができたというのは、少々信じがたいというか、どんな魔法を使えばこんな場所が作れるのか不思議だ。規模が大きすぎて、俺だとスライム魔法を使っても無理だろう。

1回ではなく何度も使い続ければ可能かもしれないけど、それにしたって相当な時間がかかるはず。いや、それより国王になったのか、その転移者は。……ん？　国王ってことは、王族なわけだから、

「あの、間違《まちが》いでなければ、そのマサハル王様はエリアのご先祖様ですよね？」

「左様にございます」

やっぱり、ガイン達が前に言ってた魔法無双《まほうむそう》の転移者か！　あまり詳《くわ》しくは聞いてないけど、彼は特典を魔法の一点特化にしたらしい。それならここまで地形を変えてしまうような魔法も不可能ではないのかもしれない。

まだ見ぬ魔法の可能性と、転移者としての先輩《せんぱい》に思いを馳《は》せる。そのうちに崖下の火勢も段々と弱まり、予想外の大群討伐は次の段階へと進む。

8章10話　殲滅完了

崖下を覗き込んでみれば、ラインバッハ様の言葉通り、崖下のアンデッドは明らかに減っていた。しかし、元の数が多すぎたので〝減っている〞と言っても、ざっと見てまだ数百体は残っているだろう。

「ううむ、まだ多いのぅ」

残ったアンデッドは動きがより鈍《にぶ》く、再生が止まっている個体もいるので、弱っていることは間違いない。だが、すでに火勢は衰《おとろ》えつつあり、総数が減ったために動きまわれる空間が十分にある。このままでは延焼もしにくいため、炎の効果は期待できそうにない。

「最初に比べればだいぶマシよ。じっくり地道に、あと気楽に倒していきましょう」

「では、予定通り僕とスライム達で、皆さんの降りる場所を確保しますね」

「よろしく頼む。場所が確保でき次第《しだい》、我々も加勢する」

酸欠に関しては風が通っているので大丈夫だと思うけど、煙《けむり》の対策としてフィルタースライムをマスクのように装着する。あとは念のため、着地予定地に水を撒いておこうか。

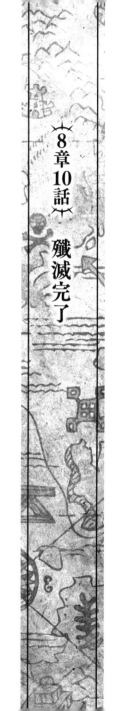

「リョウマ様、水でしたら私にお任せください。『ウォーターフォール』」

セバスさんが一言唱えると、空中にプールでも満たせるであろう量の水が、一筋の滝《たき》として一気に流れ落ちた。下ではほんの一瞬、先の炎で焼かれていた岩盤《がんばん》から水蒸気が立ち昇《のぼ》ったけれど、絶えず流れ込む水の勢いに飲まれて消えていく。

「ありがとうございます!」

一言お礼を伝えて、エンペラースカベンジャースライムに指示を出す。すると、エンペラーは行動で応えてくれた。自身の限界まで体を巨大化《きょだいか》し、その体を崖の縁まで伸《の》ばした直後、体を縮めて勢いよくその身を空中に躍《おど》らせる。

巨体《きょたい》を吹き荒《すさ》ぶ風に震《ふる》わせながら着地したエンペラーは、まるでゴムボールの動きをスローモーションカメラで撮《と》った映像のように、柔軟《じゅうなん》な体を利用して衝撃を逃がしている。

無事を確認しても、返ってくるのは〝元気〟という意思のみ。5階建てのビルほどの高さから飛び降りても、全くダメージを負っていない。

「事前に少し聞いてはいたけど、この高さから飛び降りて本当に無事なのね、あのスライム」

「エンペラーは物理耐性《たいせい》が高すぎるくらいですからね。実験のために僕が攻撃をしたことがあるのですが、全く効かないので」

魔法も物理攻撃よりはマシだけど、そっちも耐性と体積のせいか効きにくい。正直、エンペラーが敵になったら、倒せるかどうか分からない。状況《じょうきょう》と使い方によっては、かなり危険なスライムになってしまった。

……だからこそ、味方であれば心強い。

「おお、アンデッドが次々と飲み込まれていく」

「まるで敵になっておらんな」

近くにいたアンデッドがエンペラーに反応して近づくが、彼らは触手《しょくしゅ》に絡め取られ、圧倒的《あっとうてき》な体積で押しつぶされている。おそらく抵抗《ていこう》はしていると思うが、エンペラーの圧倒的体格差と重量を覆《くつがえ》すことはできないらしい。

「特に問題ないようですね。分裂《ぶんれつ》しても大丈夫だと思いますが、その前に他のスライムにも降りてもらいましょう」

先に降りたエンペラーが大きなマットレス状になったことを確認すると、他のスライム達を送り出す。次々と飛び降りるスライム達は、エンペラーをクッションにして下に着地。そんなスライム達に俺も続く。

「では、行ってきます」

「気をつけるんじゃぞ」

「ありがとうございます」

命綱を解いて、スライム達と同じように俺も崖《がけ》を飛び降りる。全身で空気の抵抗と冷たさを感じ、耳には轟々《ごうごう》という音が届くが、不安はない。

エンペラーの物理耐性の確認と実験で、高所からの飛び降りは何度も試《ため》している。エンペラー、つまり〝1万匹のスライム〟を使役《しえき》できるのが俺しかいない、という理由で実用化はできなかったけれど、年末の事件の前、救助方法の1つとして検討したくらいには信《しん》頼《らい》と経験があるのだ。

空中で膝《ひざ》を抱えるようにして、お尻《しり》からエンペラーに着地すれば、エンペラーの体が落下する俺の体を柔《やわ》らかく包み込んでくれる。衝撃らしい衝撃を感じることなく、もちろん怪我《けが》もしていない。

「大丈夫かー!?」

「問題ありませーん!」

エンペラースカベンジャーを分離《ぶんり》させつつ、断崖絶壁の上からこちらを覗いている4人に手を振って無事を伝える。しかし、まだアンデッドが多数残っているので、あまり長々とは喋《しゃべ》っていられない……はずなのだが、周囲ではスライムによる蹂躙《じゅうりん》が始まっていた。

たとえば今しがた降りてきた俺に反応して、骨格標本のような〝スケルトン〟が近づこうとしていた。しかし、横合いから突撃《とつげき》したメタルスライムによって胸部を砕《くだ》かれ、残った他の部位も崩れ落ちて動かなくなってしまった。

他のメタルやアイアン達も、勢いを付けてジャンプしたかと思えば、空中で槍《やり》に変形して敵を串刺《くしざ》しにしたり、投擲《とうてき》武器の〝戦輪〟のように姿を変えて切り刻んだりと、自分達の体の重さと移動速度、変形能力と数を活《い》かして襲《おそ》い掛《か》かる。

また、彼らが通り過ぎた後に残る凄惨《せいさん》なバラバラ死体は、地を這《は》うスカベンジャーやアシッドが取り込んで食べていく。どうやら彼らはアンデッドの肉や骨も、通常の動物や魔獣のものと同じように認識《にんしき》しているようで、食事の様子は普段と変わりない。

強いて言えば、まだ再生する力が残っているアンデッドの破片《はへん》を取り込んだ個体が、若干食べづらそうにしているくらいかな？　スパイダーやスティッキースライムも糸や粘着液でアンデッドを転ばせたり、貼《は》り付けたりと援護《えんご》をしている。

敵の数は多くても状況的《じょうきょうてき》には余裕があり、俺や光魔法を得意とするライトスライムの出番がない。やることといえば、周囲を警戒《けいかい》しつつ観察するくらいだ。

……警戒と経過観察のために注視は続けるけれど、アンデッドの踊《おど》り食いはやはり……性質的に仕方ないことかもしれないけど、対アンデッドは戦っても戦わなくても地獄絵図だなぁ……

と、思っていたら、背後に魔力《まりょく》を感じた。空間魔法で皆さんが降りてきたようだ。

「この分なら早く終わりそうね」

「リョウマ、上から様子を見ていたが、対岸を向いて右側の方がアンデッドは少ない。そちらを先に我々が排除する」

「了解《りょうかい》しました、左を抑《おさ》えておきます」

「シーバー、気合を入れすぎて空回りをするでないぞ」

「分かっている。気楽に、軽い運動程度に留めるとも」

「レミリー様、お願いできますか?」

「はいはーい、『コーティング・ライト』」

周囲に満遍《まんべん》なく広がっていたスライム達を左に集めると、シーバーさんは愛用のハルバードを構え、ラインバッハ様とセバスさんが腰《こし》に帯びていた剣《けん》を抜《ぬ》く。

ここで目を引いたのは、ラインバッハ様の持つ剣。それは白くて光沢《こうたく》のない、生物の骨を削り出したような、一風変わったバスタードソードだ。しかも、抜かれた直後には刀身が燃え上がり、熱を振《ふ》り撒く炎の剣と化している。

一方、セバスさんの得物はレイピアと呼ばれる刀身の細い剣。そこにレミリーさんが光魔法をかけたようで、こちらは柔らかく輝《かがや》く光の剣になっている。昔のSF映画に出て来たライトセイバーのようだ。

そして、2本の剣の威力《いりょく》は傍目《はため》から見ても明らかだった。ラインバッハ様がゾンビを切りつければ、その身がいともたやすく両断されるだけでなく、断面を炎が焼くことで再生を阻害《そがい》し、そのまま全身が焼け落ちる。

セバスさんは武器の性質故か、急所を狙った突きが中心。しかし、その突きを受けたアンデッドの体には刀身以上の大穴が空き、連続攻撃《こうげき》の素早《すばや》さも相まって、上半身が弾《はじ》け飛んだように見える。

そんな2人よりも前に出て、大暴れをしているのはシーバーさん。彼も愛用のハルバードに風を纏《まと》わせているようで、炎や光と比べて視覚的な変化は乏《とぼ》しいものの、一振《ひとふ》りするたびに突風《とっぷう》が吹き荒れている。

ハルバードの間合いと風を組み合わせ、シーバーさんが広範囲《こうはんい》の敵を一気に蹴散《けち》らし、その後からお二人が討《う》ち漏《も》らしを片付けていく。

「シーバーさんが強いのは分かってたけど、お二人もすごいなぁ」

「あの2人も正騎士並みの実力はあるから、あのくらいは当然ね。それにラインバッハちゃんの魔《ま》法剣《ほうけん》、あれはまだ基礎《きそ》の技だから、技術的にはリョウマちゃんでもできるわよ。むしろ、難易度で言えばリョウマちゃんの無詠唱《むえいしょう》の方が上じゃないかしら」

「似ているると思いますが、僕の方が難しい？」

「だってあなた、無詠唱で魔法を放つ時、魔法とは別に〝魔法から腕《うで》を保護するための魔力〟を纏っていたでしょう」

「はい。実験中に自分の魔法で自分を傷付けかねないと気づいたので、薄《うす》い膜《まく》を張ってその上に魔法を乗せる感じでやっています」

「独学で自分の事情を考慮して、結果的に行き着いたんでしょうけど、それ初心者がやることじゃないわよ。魔法剣の基本はもっと単純で、剣に魔法を纏わせるだけ。乱暴に言ってしまえば、火なら〝剣を燃やす〟だけでいいんだから」

そうなのかと思う反面、そんなことをしたら剣が傷《いた》むのではないか？　という疑問も浮《う》かぶ。しかし、そんなことはお見通しだったのだろう。

「魔法剣を使う人は、最初から使う魔法の属性に強い素材で作った剣を使うの。そうすれば剣への負担は抑えられるし、わざわざ魔力で覆って保護する必要がなくなる。何より、魔法に要求される難易度が下がるでしょ？」

「基礎として学ぶにもちょうどいい、ということですね」

「そういうこと。ちなみにセバスちゃんの剣も理屈《りくつ》は同じで、私が剣に光属性の魔力を纏わせただけよ。自分でやるか、誰《だれ》かにやってもらうかの違《ちが》いしかないわ」

「なるほど……僕は単独行動が多いですが、他人の武器に魔力を付与《ふよ》できれば、戦い方の幅が広がりそうですね。他にも同じような魔法《まほう》はありますか？」

「うーん、味方にかける魔法ということなら無属性の強化魔法、あと結界魔法かしら。でも準備のできる時間と資金があるなら、付与《ふよ》魔法で作られた魔法道具や魔法武器を用意しておく方がいいと思うわ。もちろん覚えておいて損はないけど」


勉強になる……おっと、スライム達《たち》の方でアンデッドが渋滞《じゅうたい》し始めている。


「失礼、ちょっとお待ちを」

「手伝いは必要かしら？」

「大丈夫だと思います。一箇所に集まり過ぎているだけなので――」


スライム刀を構えて、刀身に気を集中、圧縮。そして横一文字振り抜けば、放たれた気の刃《やいば》が空を駆《か》け、スライムの海の中で固まっていた十数体をまとめて両断した。その様子がさながらボウリングのようだと思ったのは、スケルトンが崩れた時の骨の音のせいだろうか？

何はともあれ、アンデッドの集団を突き崩したので、これでまたスライムが吸収しやすくなっただろう。同じようにあと数箇所、アンデッドが固まりつつある場所にも気の刃を飛ばす。これでまたスライム達だけで対処できるようになるだろう。

「ほう、そんな技も使えたのか」

目を離《はな》している間に右側の殲滅《せんめつ》が終わったようで、シーバーさん達が戻《もど》ってきた。

「最近覚えました」
「それにしては完成度が高いように見えたが」
「僕の店で働いてくれている人の中に気の応用技を使える人が3人もいたので、その人達に教えてもらいました」

3人というのは、スパイ疑惑《ぎわく》の確認《かくにん》のために試合をしたユーダムさん、元暗殺者のフェイさん、そして元闘技場《とうぎじょう》のチャンピオンであるオックスさんだ。

ユーダムさんとの試合をきっかけに聞いて回ったところ、それぞれ1つずつ〝拳《こぶし》に纏った気を飛ばす技〟、〝気の刃を伸ばして間合いを変化させる技〟、〝武器に通常以上の気を集中させて攻撃力《こうげきりょく》を引き上げる技〟を教えてもらえた。それらの知識を下地として、年末に戦った剛剣《ごうけん》兄弟の技を再現したのが今の技になる。

「自分を殺しに来た殺し屋の技まで取り込むとは、貪欲《どんよく》だな」

「興味が出ると、知りたくなってしまう性分《しょうぶん》なので」

そうだ、スライムの方は問題なさそうだし、さっきの魔法剣について聞いてみよう。そう思い、レミリーさんとの会話内容を簡潔に説明すると、

「援護が来ないから何をしておるのかと思ったら、そういうことじゃったか」

「私は最初にセバスちゃんの剣に魔法をかけたし、そもそも援護なんて必要なかったじゃ

ない。それならリョウマちゃんに指導していた方が有意義だし、無駄《むだ》な魔力を使わないのは魔法使いとしての基本よ、基本」

「別に不満も責めるつもりもないからいいが……それよりリョウマ君、魔法剣が気になるのであれば、少し教えようか？　剣も火属性のものでよければ、こちらでドラゴンの牙《きば》を用意するが」

「ドラゴンの牙⁉　具体的な価値や希少性は分かりませんが、そんな凄《すご》そうなものは」

「従魔にしていれば数年に一度、生え変わりで手に入る。我《わ》が家《や》にとってはさほど珍《めずら》しくない素材じゃよ。素材としては最高級品じゃが、リョウマ君には恩もあるのでな」

「魔法剣に興味はありますが、初心者ですので。あと、普通《ふつう》の剣でも練習はできるので、牙はまたの機会にお願いします」

ドラゴン素材なんてファンタジーかつ、ゲームならラストダンジョン付近にならないと手に入りそうにない素材はちょっと、急すぎて困る。ここでふとスライム刀に目をやると、安心感を覚える。……俺《おれ》に最も合っているのは、やはりスライム装備なのかもしれない。

そんなことを考えていると、スライム達の奮闘《ふんとう》のおかげで、まともに動けるアンデッドはいなくなっていた。立ち上がることもできず、もしくは立ったまま固められてしまい、あとはただ食べられる時を待つのみ。

そんな状況では俺《おれ》や大人組が手を出す必要もなく、むしろスライム達《たち》を巻き込んでしまいかねないため、彼らを見守るだけになってしまう。

……安全に殲滅できているのはいいけど、俺ほとんど話してただけだな……

それからスライム達が勝鬨《かちどき》の声ならぬ、勝鬨の触手を挙げるまでに、さほど時間はかからなかった。

8章11話　レミリーとの勝負

「今日はこのあたりで休もう」

　アンデッドの大群を殲滅した俺達は、亡霊《ぼうれい》の街に向けて再び歩き始めた。しかし、その後も進めば進むほどに、アンデッドと遭遇《そうぐう》する頻度《ひんど》が高くなっていく。殲滅のために時間を使ったことも考慮《こうりょ》して、今日は予定より1つ手前の野営地に留《とど》まることになった。

　夜はアンデッドが活発に活動する時間帯だし、そうでなくとも暗くて危ない。無理をする必要もないのだから、妥当《だとう》な判断だろう。俺以外からも、シーバーさんの提案に異論が出ることはなかった。

「レミリー」

「任せてちょうだい。リョウマちゃん、便利な魔法を見せてあげるわ」

「！　よろしくお願いします！」

「じゃあ、いくわよ『ホーリースペース』」

　軽い調子の一言から一拍置《いっぱくお》いて、魔力の放出を感じる。それは、ここまでの道中に見た彼女のどの魔法よりも多く、彼女《かのじょ》を中心に淡《あわ》い光が広がっていく。やがて魔力と光は野営地を通り過ぎ、防衛線の外周まで到達《とうたつ》すると、そのまま半球を形成した状態で安定した。

光のドームの中は、レミリーさんの魔力が充満《じゅうまん》している影響《えいきょう》か、先ほどまでよりも空気が綺麗になった気がする。

「これが光属性の中級魔法〝ホーリースペース〟。この魔法を使えば、一時的にアンデッド系の魔獣《まじゅう》が入れない領域が作れるわ。ゾンビやスケルトン、あとはレイスくらいなら触れただけで消滅《しょうめつ》するから、こういう場所での野営や休憩《きゅうけい》に使う魔法ね。

注意すべき点は、効果のある時間と範囲は腕前次第《うでまえしだい》で変わること。あと、アンデッド系でも強い魔獣だと消滅させられず、無理矢理《むりやり》入ってくる事もあるわ。その場合も弱体化はさせられるけど、魔力が急速に消耗《しょうもう》してしまうから、放っておくとホーリースペースの効果がなくなるわね。だから、もし強力なアンデッドがいたらすぐに対処すること。そして、この魔法に頼《たよ》りすぎないこと。なるべく安全な場所を探して野営をするに越《こ》したことはないわ。

具体的な練習方法だけど……リョウマちゃんはとりあえず、見様見真似《みようみまね》でやってみなさい。初めは自分１人が横になれるくらいの範囲でいいから」

そう言われたので、俺もやってみる。光魔法の魔力を使い、結界魔法の要領で範囲を決め、その中に光属性の魔力を充満させるイメージを固めて呪文《じゅもん》を唱えた。

「『ホーリースペース』」

イメージ通りに魔法は発動したが、結界魔法より扱《あつか》いが難しい。何というか……普通の結界魔法を壁、中に充満する魔力を水に例えると、この魔法は布のようだ。壁は水を通さずにその場に保っていられるけれど、布だと水が染《し》み出して行く、そんな感覚がある。発動中に気を抜いていたら、中に充満している魔力は一気に抜けていただろう。とりあえず成功したとは思うけど、

「レミリーさん、どうでしょうか?」

俺が聞くと、レミリーさんはどこか困った様子。

「まだ粗《あら》はあるけど、成功してるわ。ホーリースペース習得おめでとう。楽なのはいいけど、教えてるって感じがしないのよね……一応、これって中級の光魔法の中では、一番制《せい》御《ぎょ》が難しいって言われてる魔法なんだけど」

「僕《ぼく》は結界魔法も少し使えますから、その感覚でやってみたらいけました」

「結界魔法も光魔法も魔法、魔力を使って自らの求める現象を引き起こす、って意味では同じものだからね。用途《ようと》や目的が近ければ、効果や使い方も似通ったものにもなりやすいわ。

そもそも魔法の分類は、人類が魔法という技術の伝承のために〝結界魔法とはこういうもの〟、〝光魔法とはこういうもの〟と定義を決めただけ。少しでも教える側は伝えやすく、教わる側にも分かりやすくするための工夫だから、あまり拘《こだわ》らなくていいわ。リョウマちゃんは特にそういうタイプだと思うし」

この世界に来てから、魔法の便利さと自由度の高さは常々感じていたので、どの魔法も〝魔力を扱うという点では同じ〟という言葉はしっくりきた。

「さて、とりあえずホーリースペースの説明と練習はできたし、野営の準備をしましょうか」

「アンデッドは防げても、野ざらしでは休むに休めんからのぅ」

「そうですね」

では、まずはテントの用意から……と考えていると、シーバーさんから声がかかる。

「リョウマ、野営の準備はこちらでやるので、土魔法で周囲に壁を作ってもらえるか？　レミリーのホーリースペースがあるとはいえ、いざという時に備えて障害物があるとありがたい」

「これまでのこともありますからね……もちろん、問題ありません。大きさはどうしましょうか」

「横は両手を広げた程度、高さは大人の腰から胸下あたりを目安に頼《たの》む。それ以上だと死角が大きく、魔法を撃《う》とうにも射線が通りにくくなってしまうからな。完全に通さないのではなく、接近の妨害《ぼうがい》、移動経路を限定できればいい」

「わかりました。ちょうどいいスライム達がいますから、そのくらいならすぐにできますよ」

「私達も野営の準備が終わりしだい手伝う、無理はしなくていいぞ」

とは言われたものの、シーバーさんの要求している障害物は簡易的なものだと思うので、本当にすぐにできると思う。

まずはディメンションホームからストーン、スパイダー、ワイヤー、スティング、メタル、アイアンの6種類を呼び出す。その中から今では万を超《こ》えているストーンスライム達を、周囲の適当な岩壁《がんぺき》までつれて行き、壁の一部を土魔法で砕いて〝石〟と呼べる大きさにしておく。

「これを食べて大きくなってくれるかな」

声をかけると、一斉《いっせい》にできたばかりの石の山に群がり、動いていなければどちらがどちらか分からない状態になった。ここはこのまましばらく放っておいて、野営地へと戻る。

ストーンスライムはその名の通り、石の体を持つスライム。彼らも他種のスライムと同様に、食事で得た養分を使って分裂するけれど、この分裂をしないように指示することで、指でつまめる小石程度の大きさから、手のひら以上の〝大きな石〟程度まで大きくなれることが分かっている。

この特性を利用して、彼らにはできるだけ大きな石になってもらう。その後、指定の位置に積み上がってくれるよう指示を出せば、それだけで石垣《いしがき》ができる。石垣は古来から、防衛拠点《きょてん》である城造りなどにも使われていた。そこまで立派なものではないけれど、今回の目的を考えれば十分だろう。

ストーンスライムの石垣だけでも陣地《じんち》を作るには役立つけれど、さらにもう一工夫。

石垣はシーバーさんが指定した大きさを1つの塊《かたまり》として、間に人間1人から2人ほどの隙間を開けながら、野営地を二重円で囲うように配置する予定。この時、外側と内側の石垣が互《たが》い違いになるようにする。こうして大体の位置を決めたら、隙間となる場所に土魔法で穴を掘《ほ》り、棒状に変形した金属系スライム2種を並べて立てていく。

「用意のできた順に、あとはよろしく」

待機していたスパイダー、ワイヤー、スティング達が一斉に動き始めた。

スパイダーが俺の設置した金属型スライムに登り、糸をかけて巣を作る。次にワイヤースライムがスパイダーの補助を受けながら、伸ばした体で金属系スライムの柱の間に螺旋《らせん》を描《えが》いた。そんなワイヤースライムに、スティングスライムが生み出した毒針を取り付けていけば……あっという間に〝有刺鉄線《ゆうし》〟と〝鉄条網《てつじょうもう》〟のようなものが完成！

残念ながら、生き物でないアンデッドに毒の効果は期待できないけれど、接触《せっしょく》して服や肉に食《く》い込《こ》めば邪魔《じゃま》はできるだろう。それ以上に有刺鉄線そのものがスライムなので、契約《けい》《やく》している俺には、アンデッドが接触すればその位置と数をすぐに把握《は》《あく》できる。防衛する上でとても有用だ。

こうして俺とスライム達が協力し、防衛線の構築を進めたところ……元々、中心となる野営地がテント2つと焚《た》き火《び》のみだったこともあり、30分とかからずに作業は9割終了《しゅうりょう》。あとは不備がないかを確認、微調整《びちょうせい》して……と、

「シーバーさん、いかがでしょうか？」

「期待以上だ。我々の手伝いは必要なかったな」

「しばらく見てたけど、ひとりでに積み上がる石垣は便利ね。微調整や作り直しも楽みたいだし」

こちらを見ていたシーバーさんとレミリーさんに確認を取ると、十分だと言っていただけた。どうやらテントの設営と焚き火の準備は先に終わっていたようで、彼女の後ろには湯気が立ち上るコップをお盆《ぼん》に載《の》せたセバスさんと、焚き火の番をしているラインバッハ

様の姿も見える。

「お疲《つか》れ様《さま》でした。よろしければお茶をどうぞ」

「ありがとうございます」

「リョウマ君、こちらに座《すわ》るといい」

ラインバッハ様の手招きに従って、焚き火の前に置かれた椅子《いす》の1つに座る。同じようにシーバーさんとレミリーさん、最後にセバスさんも空いている椅子に座り、皆《みな》で焚き火を囲んだ。

動いている時はあまり感じなかったけれど、渓谷《けいこく》の風は強く、冷たい。じっとしていると冷えてくる体を、焚き火とお茶が温めてくれる。

「なんだか、ようやく一息つけた気がします」

「今のうちに、ゆっくり休むとしよう」

ラインバッハ様の言葉に、俺達は満場一致《まんじょういっち》で賛成。早めに夕食を取り、会話に花を咲《さ》かせて、肉体的・精神的な疲労《ひろう》の回復に努める。そして、やがて日が暮れると……

「予想的中か……別に外れてくれても構わないのに」

活動が活発になったアンデッド達が、闇《やみ》の中から姿を現した。これまでにも見たスケルトンやゾンビはもちろんのこと、今は空に人魂《ひとだま》のような〝ウィスプ〟や半透明《はんとうめい》の人型をした〝レイス〟が、蛍光灯《けいこうとう》に群がる蛾《が》のように周囲を飛び回っている。

アンデッドの数は1体、また1体と増え続けているけれど、ホーリースペースに使われている光属性の魔力を嫌《きら》ってか、今のところ防衛線より内側に入ってくる様子はない。ただ、このままだとリスクがあるし、精神衛生上よくないので適宜《てきぎ》討伐《とうばつ》する必要がある。

「来てしまったものは仕方がないわよ。さっさと終わらせてしまいましょう」

「そうですね」

食事の間に話し合った結果、まずは光魔法を使う俺とレミリーさんがアンデッドを一掃《いっそう》することになった。その代わり、見張りは後で、まとまった睡眠《すいみん》が取れる。よっぽどのことがなければ今日の仕事はこれで終わりだ、頑張《がんば》ろう。

「そうだ、せっかくだから競争しましょうか」

「討伐《とうばつ》でですか？」

「どうせやるなら、少しでもやる気が出るほうがいいでしょう。どっちが多く倒《たお》せるかを競《きそ》って、負けた方が1つ、勝った方のお願いを聞くってことで、どうかしら？」

「無茶《むちゃ》がないなら……いや、よく考えたら〝魔法対決〟だと僕が圧倒的に不利では？　知識とか、経験とか」

「なら、お互いにライトボールのみで討伐するのはどうかしら？　それなら使う魔法や知識、錬度においても大きな差は出ないと思うわ。あとは時間制限も設けましょうか。魔力が尽《つ》きるまでだとリョウマちゃんが有利だし、撃つ回数を決めると実戦経験が長い私の方が有利かもしれないし」

「それなら確かに、どちらが有利すぎるということもない、かも？」

「納得《なっとく》した？　じゃあそういう事で、セバスちゃん達は審判《しんぱん》と倒したアンデッドを数えてね！」

「かしこまりました」

「仕方ないのぅ、付き合うとするか」

「では、私がリョウマの方を数えよう」

こうして俺は、若干強引《じゃっかんごういん》なレミリーさんと魔法対決をする事になった。ホーリースペースの左右に分かれて、アンデッドと相対する。

「準備はよろしいですね？」

「はい、問題ありません」

「ＯＫよ」

「制限時間は10分。それでは、開始！」

合図と同時に、俺は目の前にいたスケルトンの頭を狙《ねら》う。

「『ライトボール』」

放ったライトボールは真《ま》っ直《す》ぐに撃ち出され、狙い通りにスケルトンの頭部を消滅させ、さらに射線上にいたもう1体の体を貫《つらぬ》いて消えた。アンデッドが密集しているところを狙えば、一度に数匹倒《すうひきたお》せるだろう。しかし……

「『ライトボール』」

「っ⁉　何ですかそれは⁉」

背後から伸びた影《かげ》から、光源がやけに多いと気づいて見てみれば、なんとレミリーさんは1回の呪文で10個の光の玉を生み出していた。しかも、その1つ1つが正確にアンデッドの頭を撃ち抜いて仕留めている。

「これは〝並列詠唱〟っていう技でね、同じ魔法を複数分、一度に発動させる事ができるのよ『ライトボール』訓練は必要だけどね『ライトボール』」

説明をしながらも攻撃は止めないレミリーさん。そして彼女は説明が終わると、勝ち誇《ほこ》った様な微笑《びしょう》を見せてきた。そして俺は気づく。

「まさかライトボール限定で撃つ回数制限無しのルールはこのために」

「今更《いまさら》気付いても遅《おそ》いわよー『ライトボール』」

「大人気ない⁉」

こうなったら俺も並列詠唱で対抗《たいこう》するしかない！　余裕《よゆう》の表れかレミリーさんがやり方を教えてくれたし……

「『ライトボール』……『ライトボール』『ライトボール』」

そう思ってやってみたが、これは難しい。光の玉を複数生み出す事は一度目からできたけど、5個が限界。それ以上になると発射まで維持《いじ》できない。さらに、維持はできてもその全《すべ》てを別々に動かす事ができないので、結果として5個の光球が1点に集中してしまう。

これでは意味がないどころか、魔力を無駄に使うだけだ。

光球を2つに減らして、なんとか別々の方向に飛ばすも狙いが甘《あま》い。片方は敵を仕留めきれず、もう片方は外れてしまった。右手と左手で別の図形を書いてる様な感じ。これは今すぐにできる事じゃなさそうだ。

仕方がないので、普通のライトボールをできる限り早く、確実に撃ってアンデッドを仕留めて行く。しかし、向こうが1回で10発放つ間に俺は2、3発しか撃てないのでは、討伐数がどんどん開いていくばかり。

……ない物ねだりをしても仕方ないが、広範囲を一掃できると便利だよなぁ……何か方法はないだろうか？

考え事しながらでも、1発1発を正確に撃つだけなら問題はない。アンデッドがホーリースペースの中に入ろうとしないから安全だし、一応最低限の警戒はしてるつもりだけどこうなると何て言うか……ぶっちゃけ前世のゲーセンにあったゾンビを撃つゲームをやってる感じがしてくる。それもゾンビが攻撃してこないから超《ちょう》イージーモード。

……そういやこの世界に来てから、当たり前だけどゲームやってないな。今頃《いまごろ》あのシリーズどうなってるんだろう？　一時期ハマったよなぁ……場面に合わせた弾《たま》の選択《せんたく》とか重要だったっけ？　下手の横好きだから上手《うま》くも詳《くわ》しくもないけど、爆発《ばくはつ》する弾とかマシンガンとかショットガンとか……

だんだん考えが逸《そ》れていたが、ここで気づいた。魔法はイメージ、ライトボールを改良して弾を再現すれば良いんじゃないか？　と。

早速《さっそく》改良を試みる……爆発する弾はよく分からんし、マシンガンは一気に魔力持ってかれそうだから、ショットガンが妥当なところだろうか？　ショットガンの弾は散弾《さんだん》で、撃ち出されたら内部の小さな弾がばらまかれる筈《はず》だよな……だったら撃ち出したライトボールが小さな弾になって拡散していくイメージで……

「『ライトボール』」

俺が散弾のイメージで放ったライトボールはイメージ通りに拡散したが、目の前のゾンビ達に与《あた》えたダメージは少なく、傷は負わせたが一匹《いっぴき》も倒せなかった。どうも拡散させ過ぎたせいで1発の威力が落ちたようだ。

なら、通常のライトボールの10倍の魔力を込めて放つ。すると今度は先頭のゾンビから4m位の扇状《おうぎじょう》の範囲《はんい》に居たアンデッドだけでなく、空中にいるレイスまで消し飛ばした。10倍も魔力は要《い》らないな。それに、拡散範囲も広すぎて無駄が多そうだ。

「え、ちょっ、何よそれ!?」

「ライトボールでーす！　撃ち方《かた》を工夫《くふう》してるだけでーす！」

レミリーさんも並列詠唱という工夫をしているわけだし、撃っているのはライトボールなのだから、これも問題ないだろう。審判のセバスさんも何も言ってこないし、レミリーさんも文句は言わずにペースを上げた。こちらも集中だ。

魔力は十分にあるけど、今度は範囲を絞《しぼ》る事を意識して、代わりに魔力を半分の5倍に落とす。……確か、ショットガンの弾は中の弾の大きさの違いで何種類もあったはず。ばらまかれる弾の一つ一つに、ホーリースペースの要領で均等に魔力を配分するイメージ……使用する魔力を50分割《ぶんかつ》して放つ感じで。

「『ライトボール』……くっ」

いかん、魔力のコントロールがかなり難しい。今度は飛び散る弾の魔力が、当たる前に霧散《むさん》した。その結果目の前の2匹を倒すだけで精一杯《せいいっぱい》だったようだ。もう一度、魔力のコ

ントロールに集中し、数を稼《かせ》ぐと同時に練習をする。

「あと10秒、9、8、7、6……」

集中していると、あっという間にセバスさんのカウントダウンが始まってしまった。せめて最後にもう1発、ライトボールと差別化、イメージを更《さら》に固めて……放つ!!

「『ライトショット』」

より強くイメージを固めた最後の1発は、先頭から3m程《ほど》の範囲に居たアンデッドを穴だらけにして、綺麗《きれい》に消滅させた。威力は10倍ほどではないが、魔力の消費が最初の半分ほどに抑えられた事を考えると悪くない結果だろう。

できるだけのことをやった……そんな満足感を覚えたところで、

「そこまで!!」

セバスさんから終了の合図が出た。結果が気になり、セバスさんの方を見る。すると、彼《かれ》はなにやら渋《しぶ》い顔をしている。どうしたのだろうか？

「……リョウマ様、最後になんと仰《おっしゃ》いましたか？」

「最後？　普通にライト――」

あれ？　今、もしかして俺、ライトショ、ッ、ト、って言った？　最後の最後でやらかした？

「残念ですが、魔法名の変更《へんさら》により、最後の魔法はライトボールと異なる魔法と判断します。よって勝者はレミリー様となります」

「リョウマちゃん、変なところで抜けてるのね。でも、勝ちは勝ちね！」

レミリーさんの浮かべている妙《みょう》な笑顔《えがお》を見ると、なんだか嫌《いや》な予感がする。一体俺は、何を要求されるのだろうか……？

8章12話 レミリーとの時間（前編）

レミリーさんとの突発的《とっぱってき》な競争が終わった後、まだ残っていたアンデッドを一通り討伐すると、彼女からの罰《ばつ》ゲーム、もといお願いを聞くことになった。

その結果……俺は今、テントの中でレミリーさんと同じ布団《ふとん》に入っている。具体的には体の左側を下にして、横を向いた俺の背中側にレミリーさんがしがみつく〝抱《だ》き枕《まくら》〟状態。身長の問題もあって後頭部には柔《やわ》らかいものが当たっている。

「一体何故《なぜ》、こんな状態に？」

「それはもちろん、リョウマちゃんが反則負けになったからでしょ。それより、男の子ならもっと喜んでもいいと思うのだけど？」

「レミリーさんが若々しくて美人なのは認めますが、僕の心に喜べるだけの余裕がありません」

確かにこの状況《じょうきょう》は、世間一般《いっぱん》の男性からすれば羨《うらや》ましいかもしれない。でも俺は外見こそ小学生でも、中身は40年以上生きたつもりのオッサンだ。そしてその間、母親か仕事上の付き合いくらいしか、女性との関係がなかった人間だ。唐突《とうとつ》にこんな状況になっても困る。あと、ないとは思うけどセクハラ疑惑からの訴訟《そしょう》が怖《こわ》い。

「本当に微動《びどう》だにしないわね……そこまで固まってたら眠《ねむ》れないでしょ。まぁ、ちょっと話がしたかったからいいんだけど」

そう言いながら、レミリーさんは俺の頭を撫《な》で始めた。

「話とは？　あと、何をしてるんですか……？」

「んー？　昔、弟に良くやっててね、眠れない時にこうするとすぐ寝《ね》てたから」

「ああ、なるほど。弟さんがいらしたんですか？」

「故郷に1人ね。尤《もっと》も、私はだいぶ前に村を飛び出してしまったし、もう長いこと帰ってないから、姉なんて偉《えら》そうには言えないんだけど……そうね、楽しい話じゃないけど、そこも含《ふく》めて子守唄《こもりうた》代わりにでも聞いておいて。もちろん質問があれば答えるわよ」

そして、レミリーさんは語り始める。

「私は今でこそ街で暮らしているけれど、生まれたのはダークエルフだけしかいない村でね……変化のない場所だったの。ほら、リョウマちゃんは昔はこうだった〜って話ばかりするご老人を見たことない？」

「ありますし、分かります」

「人族も歳《とし》をとると新しいものを受け入れにくくなるけれど、長命な種族が集まる村だとそれが特に顕著《けんちょ》なのよ。人族なら15～20年も生きれば大人扱いだけど、ダークエルフだと早くとも50歳になってようやく大人。それまでずっと、さらに長く生きた大人に従って変化のない生活を続けるわけだからね……子供が大人になる頃《ころ》には同じように変化を受け入れられなくなるし、それを疑問にも思わなくなっちゃう。私はそれが嫌でね、成人を待たずに村を飛び出して、冒険者《ぼうけんしゃ》になっちゃった」

「それは、その後が大変だったのでは？」

「全くないと言うと嘘《うそ》になるけど、田舎《いなか》から出たばかりの小娘《こむすめ》が騙《だま》される、みたいなことはなかったわ。だって、ダ、ー、ク、エ、ル、フ、の成人前よ？　村を出た時点で30は過ぎていたはずだし、邪《よこしま》なことを考えて近づいてくる奴《やつ》は返り討《う》ちにできるくらい、実力はあったからね」

「なるほど……」

「むしろ、村を出る時の方が大変だったわ。追手がかかるし山狩《やまが》りは始まるし、日中は藪《やぶ》の中や洞穴《ほらあな》に身を隠《かく》して、夜の闇に紛《まぎ》れながら移動して、できるだけ遠くの街に向かったんだから」

……大人からしたら、森に迷《まよ》い込んだ子供を必死に捜しているだけだと思うけど、自分の意思で逃《に》げている側の話を聞くと、完全にスニーキングミッションだ。

「冒険者としての活動は順調そのものだったのよ。新しい街に行って、新しい景色を見て、新しい食べ物を味わって、本当に楽しかったわ……〝ある時〟までは」

突如《とつじょ》、声から感じる雰囲気《ふんいき》が変わる。

「私の冒険者生活は順調だったけど、順調すぎたのかもしれない。得意の魔法で魔獣や盗《とう》賊《ぞく》をどんどん討伐して、どんどん名前が広まって、気づいたら周囲の嫉妬《しっと》の的になっていたわ」

「……それで、どう対応したんですか？」

「別に何も。私はそれができるんだもの、しょうがないじゃない、って感じでなにも気にせず活動を続けたわ。言ったでしょ〝邪なことを考えて近づいて来た人は返り討ちにした〟って。当時の私は尖《とが》ってたわね～」

レミリーさんの声色《こわいろ》は、笑っているようだがどこか陰《かげ》を感じさせる。

「そんな感じで1人で好きなように活動を続けていたら、だんだんと嫉妬の目はなくなって、代わりに恐怖《きょうふ》の目を向けられることが増えて、ついたあだ名が〝死影《しえい》の魔女《まじょ》〟。

私が最も得意としている魔法は、光と闇を複合した〝影魔法《かげまほう》〟。対人戦闘《せんとう》や暗殺向きの魔法だし、その特性もあって討伐系の仕事を受けることが多かったからね……〝死影の魔女が通った後には、数えきれないほどの死体が転がっている。それは死影の魔女が生き物を殺すことを趣味《しゅみ》にしているから。魔獣や盗賊を狙うのは、法に触《ふ》れずに欲を満たせるからだ〟とか、よくない噂《うわさ》がだいぶ広まったわ。

まぁ、それでも特に気にしなかったんだけど」

「ええ……それは、だいぶ酷《ひど》い噂なのでは」

「悪質だとは思うけど、私は昔も今も、別に悪いことをしたとは思ってないし、実際に悪いことなんてしていないもの。むしろ、私は危険を排除《はいじょ》してあげているのよ？　文句を言われる筋合いなんてない！　って、討伐系の仕事を受ける頻度はむしろ増えたわね」

メンタルが強い、と簡単に言っていいのだろうか？　反応に困る。

「でも、そのころの活動は楽しくなかったわ。私と組んで仕事をしたがる人はほとんどいないし、依頼主《いらいぬし》も表面上は取り繕《つくろ》ってるけど、できれば関《かか》わり合いになりたくないと思っているのが見え見えなんだもの。

だから仕事として冒険者はしていても、趣味を探してそっちに時間を割《さ》くことが増えて、ダラダラと活動していたわ。でも、私のことが気に入らない人達《たち》が我慢《がまん》できなくなったみたいでね……罠《わな》を仕《し》掛《か》けられて殺されかけたんだけど、これが今思い出しても笑えるわ」

話し方に反して内容が重い……というか殺されかけて笑えるというのは、一体どういうことなんだろうか？

「ああ、笑えるっていうのは、その罠のことね。流石《さすが》の私も殺されかけたことは笑えないもの」

「なる、ほど？　いや、笑える罠というのもよく分かりませんが」

「罠というか、状況と言った方が正確かしら？　話した通り、私は討伐中心で、好き勝手にやっていたの。盗賊も狩《か》りまくったし、闇ギルドも沢山潰《たくさんつぶ》した。それらは悪事に手を染めていた貴族の逮捕《たいほ》にもつながったから、恨《うら》みも沢山《たくさん》買っていたわけよ。暗殺者を送られたのも一度や二度じゃないんだけど、それで普通にやってても分が悪いって分かったんでしょ。

ある日、急にギルドに呼び出されて緊急《きんきゅう》の依頼《いらい》を、ほとんど強制的に押《お》し付けられたわ。依頼の内容的には、緊急なのも高額報酬《ほうしゅう》も不自然ではなかったし、仕方なく行ってみたらもう本当に、見事に、大勢に待ち伏《ぶ》せされてたの。しかも全裸《ぜんら》で」

「……全裸で？」

自分の耳を疑って、思わず聞き返してしまう。しかし、聞き間違《まちが》いではなかったらしい。

「馬鹿《ばか》みたいだと思うけれど、真面目《まじめ》な理由があるのよ。私の得意な影魔法は、その名の通り影を操《あやつ》る魔法で、影を起点とするものが多いの」

「！　服の下にできる影」

「察しの通り、防具の下から攻撃《こうげき》魔法が放たれたら、防具の意味がない。私を相手にするなら、下手な防具なんて弱点を増やすだけだと判断したのね。影魔法を防げる防具や魔法道具もあるけど貴重だし、その時の襲撃《しゅうげき》は数で押す作戦だったみたいだから、全員分は用意できなかったんでしょう。半端《はんぱ》な数があったら、仲間内で揉《も》める原因になるだろうし。でも口の中とか鼻の穴とか、狙える場所は沢山あるから、着ていても影響はさほど大きくなかったと思うけどね」

口の中から攻撃魔法が炸裂《さくれつ》するとか、影魔法ってかなりエグいな。体内に直接攻撃魔法を撃ち込めるなら、少ない魔力《まりょく》でも与えられるダメージは大きいだろう。対人戦闘や暗殺向きと言われるのも理解できる。

そんな影魔法に、さっきの競争で使っていた並列詠唱《えいしょう》が加われば……。

「それで、なんとかその場は切り抜《ぬ》けられたけど、流石に疲れちゃってね。早くその場から離《はな》れるべきだとは思ったのに、戦いが終わってからもしばらくは動けなくて……そこで初めて考えちゃったのよ。私、何やってるんだろう？　って。

大勢に恨まれていることに疑問はないけれど、そいつら全員盗賊かその手の人間だもの。討伐されて文句が言える立場の人間じゃないでしょう。お門違《かどちが》いもいいところだわ。……そう思ってたはずなのに、分からなくなっちゃった。

だって、いい大人が男も女も全員裸《はだか》で武器だけ持って、口々に誰《だれ》かの仇《かたき》だとか叫《さけ》びながら、決死の覚悟《かくご》で突撃《とつげき》してくるのよ？　大勢集めて、全員があんなみっともない恰好《かっこう》で、命を捨てて、そこまでして私を殺したかったの？　ってね。

その後は敵の数も多かったから自然と大事になっちゃったし、裏で手を引いていた連中も暴《あば》きだして捕《つか》まえてあげたけど、冒険者はもうやる気がなくなって、やめちゃった」

「……」

なんというか、明るく軽い感じの人だと思っていたのに、想像以上に壮絶《そうぜつ》な人生をおくっていらっしゃる……そんな状況になったら、精神的にまいってしまっても無理はない。笑えたと言っていたのも、いわゆる〝乾《かわ》いた笑い〟とか〝辛《つら》すぎて笑える〟とかそういう類の、少なくとも楽しい笑いではないだろう。

これは、本当にどう反応すればいいのか。失礼だったり、下手な質問で触れられたくない部分を抉《えぐ》るのは憚《はばか》られる。その辺の配慮《はいりょ》が得意な人ならいいのかもしれないが、俺《おれ》は自信がない。必然的に無言になってしまう。

そんな俺の感情を察したのか、レミリーさんはふっと笑った。

「心配しなくていいわよ。今も昔も悪いことをしたとは思っていない、って言ったでしょ？一時的に迷いはしたけれど、本当にそれだけ。ちょうど国から勧誘《かんゆう》を受けていた時期だったし、冒険者を辞《や》めて宮廷魔導士《きゅうていまどうし》になるのもいいと思ってたもの」

彼女は俺の頭を撫でながら、さらに続ける。

「宮廷魔導士になってからの仕事は、お城の警備や王族の警護、騎士《きし》や兵士への指導とか色々。最初はそれなりの反発ややっかみはあったけど、冒険者時代と比べればだいぶ穏《おだ》やかな生活でお給料は高いし、長く続ければ尊敬もされるようになった。

あの噂と襲撃がなかったら、きっと私が宮廷魔導士になることはなかったし、宮廷魔導士としての生き方を経験する事もなかったと思う。宮廷魔導士なんてしがらみが多くて、窮屈《きゅうくつ》で、面倒臭《めんどうくさ》そうなこと、村を出たころの私なら絶対に嫌がったもの」

レミリーさんの中で、過去については折り合いがついている。それなら、俺が何かをいうことはないだろうし、言うべきでもないだろう。

「目標に向かって脇目《わきめ》もふらずにまっすぐ突《つ》き進《すす》める、それは確かに立派な生き方かもしれない。けど、実行できるのは一握《ひとにぎ》りの人よ。大多数の人間は、そうすんなりとはいかないの。

躓《つまず》いたり、転んだり、立ち止まったり。迷って、悩《なや》んで、時には脇道《わきみち》にもそれる。そうこうしているうちに、どうにかこうにか元の道に戻《もど》ることもあれば、目標そのものが変わることもある。でも、それでいいと私は思うわ。人生なんてそんなものよ」

ここで彼女はどうしたのか、急に押し黙《だま》ってしまう。

「レミリーさん？」

「今の私、すっごく年寄りくさいこと言ってたわ……そもそも自分の昔の話を聞かせるなんて、それこそ年寄りのやることじゃない……」

「えっと、レミリーさんは僕よりも人生経験が豊富ですから、勉強になりますよ？」

「リョウマちゃん、フォローのつもりだろうけど、微妙《びみょう》よ。気遣《きづか》ってくれてるのが分かるから怒《おこ》らないけど」

うん、言いながら思ったけど、失礼になるギリギリだったようだ。サッカーならイエローカード。若干《じゃっかん》、俺を抱《かか》えている腕《うで》も締《し》まっている。

「とにかく、私が話したくて話したんだから、リョウマちゃんが気にすることじゃないわ」

「そうですか……ちなみに、なんで話してくれたのかを聞いても？」

「個人的に、ちょっと気になったのよ。ほら、冒険者ギルドで起きたトラブルの話をしてたでしょ？」

「シーバーさんとの試合の後に話しましたね」

「その後の対応について聞いた時に、昔の私を思い出したのよ。私もこんな感じだったな～って。尤も、リョウマちゃんは私と違《ちが》って周囲の目を気にする方だと思うし、それを自覚してあえて強気に、遠慮《えんりょ》をやめようとしているように見えたけどね」

「あー……図星かもしれません……」

言われてみれば、そうかもしれない。年末の件以降、それまでと比べてかなりはっちゃけていたけれど、それはまた萎縮《いしゅく》しないように、と思っていたからなのか？

「言っておくけど、やめる必要はないわよ。それはリョウマちゃんが、自分なりに考えてそうすると決めたことだろうし、やってみないと分からない事だって沢山あるもの。

ただ、そのやり方が今後も貴方《あなた》に合うか、合わないかは分からない。そして、もし合わないと思った時は、無理に続ける必要はない。また他人に合わせる生き方に戻るもよし、新たな道を探《さぐ》ってやり直してもよし……それを、頭の片隅《かたすみ》に置いておくといいと思うわ」

「……分かりました。ご教示、ありがとうございます」

結論だけでなく、自分の経験も含めて語ってくれたのは〝俺が似たような状況になった時〟のことを考えてのことだろう。そして、強引《ごういん》な手を使ってまで、話を聞かせてくれた。

聞き終わってみれば、本当にありがたいという気持ちしかない。

「いつか、そんな経験をした時には、今日を思い出せるようにしておかないといけませんね。内容に差異はあると思いますが、今後も色々あると思いますし」

「他と比べて突出《とっしゅつ》した実力を持つ人は、やっぱり他からの嫉妬を集めてしまう。これはどんな分野でも、人間が集団で生きる以上は避《さ》けられないものだから困るのよね。避けようとしたらそれこそ、よっぽど周囲と良好な関係を作ることに心を砕《くだ》くか、徹底的《てっていてき》に他人に合わせるしかないもの」

「ですね」

やるせなさを感じて、思わず出てしまった溜《た》め息《いき》と同時に、体の緊張《きんちょう》も抜ける。

「尤も、それも楽じゃないわよね。神の子なら特に」

そんなタイミングでかけられた一言は、完全な不意打ちだった。

8章13話 レミリーとの時間（後編）

「間違いじゃなかったみたいね」

穏やかだった心臓の動きが、一瞬《いっしゅん》にして激しくなる。密着状態だったために、レミリーさんにも伝わっているだろう。もしかすると最初からそのつもりで、こんなに密着していたのだろうか？　ただカマをかけているだけという可能性は……

「心配しなくても、別に貴方をどうにかしようとは考えてないわ。今のは確認《かくにん》しただけで、ほぼ確信していたもの。実は私、過去の神の子について色々と調べていた時期があってね」

そう前置きして、彼女《かのじょ》はどこを見て判断したかを挙げ始めた。

「しっかりと疑い始めたのは、シーバーちゃんとの試合の後。ハイドを使った私に気づいた時から気になってはいたけど、子供にしては強すぎることが1つめ。ここまでの道中で結構魔法を使っていたのに魔力が切れる様子がないことから、魔力量が常人よりはるかに多いと推察できたことが2つめ。

あとは、道中で見せてくれた保存食などの商品ね。神の子は何かしらの優《すぐ》れた知識を持っていたり、新しいものを作ったりすることが多いらしいから、これが3つめ。さらに4つめの理由としては、崖下《がいか》のアンデッドを一掃する際に火薬の話をしたこと。なんでか知らないけど、神の子って火薬やら銃《じゅう》を扱《あつか》いたがる傾向《けいこう》があるみたいね。

ちなみにそんな過去の神の子らしき人物の中には、ショットガンとかいう小さな弾を広《こう》範囲《はんい》にばら撒《ま》く銃を使っていた人物の話もあるんだけど……リョウマちゃん、さっきの競争で使った最後の魔法、〝ライトショット〟って言ってたわよね？　あの時、改造していたライトボールの飛び方もその話と合致《がっち》するし、あの魔法はショットガンをイメージしたんじゃない？

ついでに、マサハル王の話をしていた時の反応がおかしかった気がしたの。うまく言えないけど、自分の事みたいに真剣《しんけん》に考えているように見えたんだけど、どうかしら？」

ああ、これは本当に確信している。ショットガンのことも概要《がいよう》は知っていたようだし、かなり詳しい情報を持っているのだろう。心拍《しんぱく》も合わせて、もう誤魔化《ごまか》せる状況ではなさそうだ……こうなったら、開き直ろう。

神の子の存在は御伽噺《おとぎばなし》に近いものとはいえ、実在したとされている。だったら、自重せずに冒険者活動を続ければ、いつかは関連を疑われただろう。それが今だっただけのことだ。

「正解です。でも、最後の反応はそんなに変でしたか？」

「普通《ふつう》の人ならあなたの能力に目をつけても、即座《そくざ》に神の子と結びつけて考えることはないと思うわ。私は知識があったし、疑っていたから分かったけどね。

ちなみに、言わないだけでシーバーちゃん達も察してると思うわよ。さっき話した調査は、エリアちゃんの存在がきっかけになった噂だからね……ほら、彼女も魔力が多いでしょ？　マサハル王の子孫でもあるから、一時期〝彼女は神の子なんじゃないか？〟っていう話が広まったの」

「ああ……あまり踏《ふ》み込んで聞いてはいませんが、昔に事故を起こしたとか」

「噂自体はその前からあったわ。でも、その件で一気に広まった感じね。それで流石に無視できなくなって、過去の文献《ぶんけん》を調べることになったの。だから公爵《こうしやく》家は調査の関係者だし、シーバーちゃんも調査に参加していたから、同等の知識があるはず」

「そうでしたか」

「念のために言っておくけど、ジャミール公爵家も貴方の意思を無視して都合のいいように使うつもりはないはずよ。他《ほか》の貴族も……人によるけど、神の子だと分かっていれば、悪い扱いはされないと思う」

おや？　今更、公爵家の皆さんを疑うつもりはないし、信頼《しんらい》している。しかし、他の貴

族にも一目置かれるのだろうか？　気になったので、詳しく聞いてみると、

「神の子は総じて、何かしらの桁外《けたはず》れの才能、あるいは大きな力を持っている。これは確定事項《じこう》とされているわ。うまく部下として取り込《こ》む事ができれば、大きな利益を生んでくれるでしょうね。

でも、なまじ大きな力を持っているからこそ、機嫌《きげん》を損《そこ》ねて逃亡《とうぼう》されてしまったり、最悪の場合は敵対関係になって、大惨事《だいさんじ》を引き起こしたという話もあるの。大きな力はあくまでも力でしかなく、いい方向にも悪い方向にも作用する、ということよ。

〝神の子〟と呼ばれている通り、その存在は神々によって遣《つか》わされた存在とも言われているし、神の子を粗末《そまつ》に扱って怒らせたとしたら、教会も黙ってないでしょう。国に被害《ひがい》を与える可能性と合わせたら、家の取り潰《つぶ》しや処刑《しょけい》も覚悟しなきゃならないわね」

いくら強い力があっても、コントロールできなければ危なくて仕方がない。無理を言って脅威《きょうい》になられるより、優遇《ゆうぐう》して大人しくしていてもらったほうがいい、という考え方なのだろう。理屈《りくつ》としては理解できるけれど……正直、まだ疑問が残る。

「お言葉を返すようで恐縮《きょうしゅく》ですが、国が個人の顔色を窺《うかが》うなんて、信じがたいです」

「確かに、国や貴族には体面というものがあるけど、本当なのよ」

ここで、レミリーさんは1つの例を挙げた。

それはこのリフォール王国に、かつて現れた1人の男の話。彼は疲《つか》れを知らぬ鉄の馬に乗り、恐《おそ》るべき速さで国中を巡《めぐ》っていたと言われている。また、空間魔法と思わしき能力を持ち、大量の物資や荷物の運搬《うんぱん》が可能。その力と鉄の馬に目をつけた当時の王は、その力を国のために使う様に命じた。

しかし、彼は自由を望み、その命令を頑《かたく》なに断り続けた。職や自由を奪《うば》うと脅《おど》しても、彼は一向に首を縦に振《ふ》らない。そして、とうとうしびれをきらした王が兵を動かした結果……兵はなぎ倒され、追手は鉄の馬に追いつけず、彼は悠々《ゆうゆう》と逃げ去ることに成功。

その後の彼は盗賊《とうぞく》に身を落として、国中の貴族の屋敷《やしき》や馬車への襲撃と強奪《ごうだつ》を繰《く》り返す。鉄の馬の速さは逃走《とうそう》のみならず、襲撃においても非常に厄介《やっかい》で、彼の動向はまさに神出鬼没《しんしゅつきぼっ》。次第《しだい》に男に仲間が増えていき、やがて国軍にも手に負えなくなる。

止める者がいなければ、盗賊行為《こうい》は更に活発化する一方。他国に魔《ま》の手が伸《の》びるまで、そう長い時間はかからなかったという。また、彼が率いる盗賊団は逃げる際に必ず、リフォール王国から来た事実やその経緯《けいい》を含め、〝生きるため、そして抗議《こうぎ》活動としての盗賊行為だ〟と喧伝《けんでん》し続けたそうだ。

次第に世間の不満の矛先《ほこさき》は、全ての原因を作った国王に向き、国の内外を問わずに非難の声や陰謀《いんぼう》論が飛び交《か》うようになる。こうして、他国との関係は徐々《じょじょ》に険悪になり、当時の国王の権威《けんい》は失墜《しっつい》。王位を弟に奪われ、元国王は処刑された……という話だ。

「それでひとまず他国からの追及は落ち着いたそうだけれど、わだかまりは残ったそうよ。国王の処刑に加えて、その神の子が捕まれば良かったのだけれど、結局捕まえられず、盗《ぬす》まれた財宝も行方《ゆくえ》知れずとなると」

「解決とはいきませんよね」

「そういうこと。これはただの一例で、同じように国が揺《ゆ》らいだ話が他にいくつもあるの。だから、国としては極力、神の子とは敵対したくないのよ。いい関係になれないとしても、不干渉《ふかんしょう》ならまだお互《たが》いに、穏やかに過ごせるから。

尤も、いつの時代もお馬鹿さんはいるし、そもそも神の子と信じてもらえなかった結果、最悪の事態になった例もあるから注意は必要だけどね。前例がいくつもあるから、そういう対応を心がけようという話になるわけだし」

「……一応、理解はしました。でもそれなら、レミリーさんはなぜ僕《ぼく》にその話を？」

レミリーさんが、自分の過去を話してくれたのは、俺のためだろう。でも、俺が神の子だと気づいている、と明かす必要はないはずだ。

「神の子と知られた途端《とたん》に暴れるような子だったら私も話さなかったわ。でも、リョウマちゃんなら話は聞いてくれると思ったの。それなら言ってしまった方が話しやすいでしよ？」

「信頼してくれてありがとうございます」

神の子への対応の話が本当なら、万が一があれば人生が終わるだろうに……思い切りと面倒見《めんどうみ》のいい人だ。

そう思っていると、レミリーさんはさらに爆弾《ばくだん》を落としてきた。

「いいのよ、こっちの都合もあるんだから。リョウマちゃんが神の子だと、エリアスちゃんが気づいてるなんて、私が気づかないふりをしながら説明できるはずないもの」

「は？」

その名前は、つい先日も聞いた。思わず振り向きそうになって、頭に感じた柔らかさに気づいて動けなくなる。

「……念のために確認しますが、国王陛下ですよね？」

「そうよ。エリアスちゃんも例の調査に参加、っていうか、調査すると決めて指示を出したのがあの子なのよ。それにあの子は王族であり、過去の神の子の子孫だからね……王家所有で一般には閲覧《えつらん》が許されない書物もあるみたいだし、私達の知らない情報を持っている可能性が高いわ」

陛下は調査の発端《ほったん》となった懸念《けねん》に対して、最終的に〝神の子ではない〟と判断したそうだ。

「魔力量は人並みはずれているけれど、他にそれらしき特徴《とくちょう》が見られない。魔力量はマサハル王に連なる者であるが故のものだろう……っていうことなんだけど、ぶっちゃけ噂を完全に否定するには証拠《しょうこ》が弱いし、私達も違うと言い切れる確証はなかった。

国王がそう決めた以上、私達は従わないといけないし、エリアちゃんを守るためにはその方がよかったから、結局そういうことで終わらせたんだけど……おそらく、エリアスちゃんは私達の知らない情報、それも〝相手が神の子か否《いな》かを判別する方法〟を知っている可能性があるわ」

筋は通っていると思う。少なくとも否定できる根拠《こんきょ》はない。そもそも俺は国王陛下がどんな人かも知らないしな……それより気になるのは、陛下にも俺が神の子だと気づかれているという話だ。

俺の傍《そば》にはつい先日まで国王陛下のスパイだった、ユーダムさんがいる。ラインハルトさんが話をつけてくれたそうで、彼はもう情報を流していない。しかし、昨年末の件は耳に入っているはずだ。

「そんなことも話していたから、私も言っておきたかったのよ。いきなりお城に呼び出されたら驚《おどろ》くでしょ？」

「……この話を聞いていなければ、余計に警戒《けいかい》しますね。邪推《じゃすい》もするかもしれません」

「私から言えるのは、その時がきたら落ち着いて話を聞いてあげてちょうだい。エリアスちゃんも神の子と敵対したくはないだろうし、悪いようにはしないだろうから」

「分かりました」

この件に関しては、今あれこれと考えても答えは出ないだろう。何か状況に変化があれば、ラインハルトさんに連絡《れんらく》して相談する。これでよし。

「でもそうなった場合を考えると、僕が神の子であることは伝えておいた方がいいですね」

「あら、教えていいの？」

正直なところ、俺が神の子（転移者）であることだけなら、教えても問題はない。ただし、そうした過去の転移者は、後に不利益を被《こうむ》ることが多かったそうだ。

信じて打ち明けた相手に、裏切られてしまった人。信じてもらえず、嘘つきや不届き者として孤立《こりつ》してしまった人。情報が広がりすぎてしまい、自由と共に大切な家族や仲間を失ってしまった人等々……幸せとはいえない結果に繋《つな》がっている。

だから禁止はしないが、推奨《すいしょう》もしない。話すのならば後悔《こうかい》のないように、慎重《しんちょう》に相手を選びなさい。転移直後に貰《もら》った説明書には、そう書かれていた。

公爵家の皆《みな》さんのことは信頼しているし、既《すで》に察してくれているなら、教えておいた方

がもしもの時に動きやすくなるだろう。それに、

「……こう言ってはなんですけど、まだ会って数日のレミリーさんに知られてしまったので、公爵家の皆さんに隠し通す利点は特にないかと」

「それもそうね。現状で一番怪《あや》しいのは私だったわ」

「お世話になっていますし、信じますが、他人に広めないようにはお願いしますね」

「もちろんよ」

いつもは飄々《ひょうひょう》としている印象の人だけれど、その言葉には誠実さを感じた。

「さて、話したいことも話したし、いいかげんに寝ましょうか。交代までに少しは寝ておかないと、明日が辛いしお肌《はだ》にも悪いわ」

「そうですね……おやすみなさい」

今日は色々ありすぎて、疲れていたのだろう。途中《とちゅう》は色々と驚かされたけれど、最終的にリラックスもできたようだ。それから心地《ここち》良い眠気《ねむけ》を感じるまでに、時間はかからなかった。

8章14話　公爵家の苦悩

翌朝

朝食前の全員が揃《そろ》ったタイミングで、レミリーさん以外の3人にも、自分が神の子だと明かすことにしたところ……どうやら予想はしていても、ここで突然《とつぜん》教えるとは思っていなかったらしい。3人とも、大きく目を見開いて俺を凝視《ぎょうし》している。

「黙っていて申し訳ありません」

「謝《あやま》ることはない。自分は神の子だなどと、軽々しく口にしていたら、その方が問題じゃよ。それに、程度や理由に差はあれど、人は誰しも隠し事《ごと》をしているもの。我々もリョウマ君が神の子だと予想していたことを隠していたからのぅ……」

「相手を信頼し、全《すべ》てを打ち明けられる……そのような関係はとても素晴《すば》らしいものですが、そうなるまでには段階を踏む必要があって当然です。リョウマ様が気になさることはありません。そして、この度は教えてくださりありがとうございました」

「そう言っていただけると、気持ちが楽になります」

ラインバッハ様とセバスさんは、これまでと変わらない付き合いを続けてくれるようだ。一方、気になるのはシーバーさん。信頼できる人だとは思うけど、彼《かれ》は難しい顔で黙り込んでしまっている。

「シーバー、お主もなんとか言ったらどうなんじゃ？」

「ああ、すまない……根掘《ねほ》り葉掘《はほ》り聞くのはどうかと思うが、これだけは確認しておきたい。リョウマは神の子として、この国、あるいは王家に害をなす意思はあるか？」

静かだが、以前の試合の時よりも強い圧を感じる。

嘘やごまかしは許してくれないだろうと分かるが、問題はない。

「少なくとも、今のところは微塵《みじん》もないですね。今の生活はできるだけ維持《いじ》したいので、国や王族に喧嘩《けんか》を売る意味がありません。爵位《しゃくい》とか権力にも興味はないので、関係ない、どうでもいいというのが正直な気持ちです」

そう答えると、シーバーさんからの圧が消えた。

「すまないな、そうだろうとは思っていたが、どうしても気になってしまった」

「騎士団長《きしだん》という経歴があることを考えれば、当然の思考だと思いますよ」

その後、シーバーさんは他者への口外はもちろん、王家への報告もしないと約束してくれた。既に騎士は辞めているので、報告義務はないとのこと。

「しかし、リョウマの情報が陛下の耳に届いているのであれば、我々が口をつぐんでもたいした意味はない。いつかは陛下から声がかかるだろう」

やっぱり、そうだろうな……今更警戒《いまさらけいかい》しても遅《おそ》いかもしれないけれど、向こうが神の子を判別できるとして、その方法はどういうものだろうか？　分からないのが気持ち悪いというか、気にかかる。

「神の子か否かを判別する方法か……少なくとも私は聞いたことがない」

「わしも知らん。そんな方法を知っていれば、わしが自ら確認していたじゃろう」

「しかし、調査 終了《しゅうりょう》を宣言された時、陛下はお嬢様《じょうさま》が神の子ではないと確信しているのではないか、という疑問はありました。宣言が急でしたし、きっかけ程度はあったのではないかと」

「調査終了の前に、変わったことはありませんでしたか？　なんらかの方法で見分けたのなら、いつもと違う質問をしたとか、変な道具を持ってきたとか」

思いついたままに聞いてみたが、全員が首を横に振る。

「そんなに分かりやすい行動をしていたら、私達が気づくわよ。あの頃は私達の誰かが常に、エリアちゃんと一緒《いっしょ》にいたもの。監視《かんし》と護衛として、国王陛下がいる時なら尚更《なおさら》ね」

「いや、懐《ふところ》や袖《そで》に隠し持てるような小型の道具であれば、可能性はあるかもしれん。御身《おんみ》に近づく者ならともかく、陛下の体を探って持ち物の確認はしないからな」

「確かにそうじゃが、それを言ったらいつでも可能になってしまう。調査を始めた段階では、陛下も熱心に資料を探し、心を砕いてくださっていた。あの時のお姿はとても演技とは思えない。となれば、その後になにかを見つけたのか……」

「私も、思い出せることといえば、お嬢様を泣かせていたことくらいですな」

当時のエリアを泣かせた？

「それは、採血をしたとか？」

「いえ、そういった理由ではありません。陛下は昔からお嬢様をとても可愛《かわい》がってくださっていまして、お嬢様も懐《なつ》いていたので、顔をあわせるとよく遊んでいました。その日は幼いお嬢様の頬《ほお》を突いてからかおうとした際に、力加減を間違えたそうです。お嬢様は泣いていましたが怪我《けが》はなく、少し強く指が当たって驚いたのでしょう。珍《めずら》しいことでしたから覚えていますが、判別方法との関係があるとは思えません」

「そうですか……」

地球の物品や転移者に関連しそうな物があれば、４人がスルーしてしまう可能性もあるかもしれないと思ったけど、仕方ないな。情報が少なすぎるし、これ以上は考えても意味がないだろう。

「ありがとうございました」

「もういいのか？　しばらく話せば、なにか思い出すかもしれんぞ」

「もうすぐ食事も温まりますし、見極《みきわ》められる側として気になっただけですから。判別ではなく政治的な判断かもしれませんが、エリアが神の子ではないのは当たっているので、もし方法があるなら――」

その先の言葉は出なかった。今度はレミリーさんも含《ふく》めて、神の子であることを明かした時よりも強い視線が集まったから。ラインバッハ様とセバスさんに至っては、一際《ひときわ》強い感情が含まれていることが分かる。

「リョウマ君、それは本当なのか？」

「！」

ラインバッハ様の真剣な声を聞いて、ようやく思い至った。この国における神の子の認《にん》識《しき》は、いわば〝爆弾〟だ。上手《うま》く扱えば利益を生む。しかし、下手に刺激《しげき》をすれば多大な被害を生みかねない、不発弾《ふはつだん》のような存在になる可能性もある。

そして、ラインバッハ様達は神の子の判別方法を知らない。だから国王陛下が否定しても、エリアが神の子でない確証は持てない。だから孫が神の子ではないという明確な答えを、それが分かる何かを、心のどこかで切望していたのだろう。

「間違いありません。マサハル王の血が色濃《いろこ》く出ていることは事実のようですが、それだけです」

「リョウマ様、お言葉を疑うわけではありませんが、できれば根拠をお教えいただきたく」

「文献などはありませんが、これでいかがでしょうか?」

アイテムボックスの中からステータスボードを取り出し、目的の項目《こうもく》を表示してセバスさんに見せる。

「これは!」

「どうした? 何が」

「……リョウマ様は称号《しょうごう》に〝神々の寵児《ちょうじ》〟と、さらに〝神託《しんたく》〟のスキルもお持ちです」

「なんと、ではエリアが神の子ではないというのは」

「神託によるものです。まだ皆さんと出会って間もない頃《ころ》、ちょうどこのカードを作りに教会に行きましたよね」

「ああ、覚えているとも。あの時に神託を?」

「皆さんとの出会いは良縁《りょうえん》だということで、その際に少し皆さんのことを教わりました。それに、神の子は同時期に原則1人。複数人いた時もあるそうですが、今は僕だけのはずです」

「そうじゃったのか……」

納得《なっとく》と安堵《あんど》からだろう、ラインバッハ様は表情を崩《くず》し、目を潤《うる》ませている。セバスさんも、そっとハンカチを差し出しているが、今にも涙《なみだ》を流しそうだ。

「あと……不躾《ぶしつけ》なことを聞きますが、皆さんの最大の懸念は、マサハル王の〝災害魔法〟で間違いないですか？　それをエリアが使えるのではないかと」

「間違ってはいないが、一言では難しい……リョウマ君は、マサハル王は暴君と呼ばれていたことを知っておるか？」

「暴君？」

「大昔のこととはいえ、王族に対しての批判的な話じゃからな。あまり大きな声では言えぬことじゃし、知らなくとも無理はない」

違和感《いわかん》を覚えて思わず口にすると、ラインバッハ様は最初から説明してくれた。

まず、マサハル王は最初から王族だったわけではなく、俺と同じで孤児《こじ》という扱いだった。しかし当時の国は戦争中で、さらに状況《じょうきょう》が逼迫《ひっぱく》していたために、国はなりふり構わずに打開策を求めていた。

そこで、マサハルの持っていた、常人とは隔絶《かくぜつ》した魔法の力が王の目にとまってしまう。戦時の混乱に紛《まぎ》れて、マサハルを自らの庶子《しょし》であると偽《いつわ》り、戦力として縛《しば》り付けたわけだ。

孤児を王族にするというのは、普通に考えればありえない行為《こうい》。当時の王もマサハルを次の王にするつもりはなかっただろう。しかし、味方の裏切り、兵を鼓舞《こぶ》するために出た戦場で戦死、敵国の暗殺者の手に掛《か》かる等の理由で、本当の王の子が全員亡《な》くなってしまう。

そして当時の国王自身も、戦に勝って国を平定したのち、新しく子をなす前に急逝《きゅうせい》してしまった結果、唯一《ゆいいつ》の王族であるマサハルが王位に就《つ》く事となったのだとか。

「それだと反対も多かったでしょうね……」

「当然じゃな。マサハルによる暗殺を疑う声も出たと歴史書には書かれている。その一方で、彼には敵国との戦で活躍《かつやく》した実績があり、英雄《えいゆう》として民衆にもその名が知れ渡《わた》っていた。無理に理由をつけて王位を奪うよりも、そのまま王位に就かせた方が民を統《す》べやすいという理由で、王位継承《けいしょう》が認められる事となった」

「早い話が、当時の貴族はマサハルを傀儡《かいらい》にすればいいと考えていたのよ。マサハル王は強大な力を持っている一方で、性格はかなりの臆病者《おくびょうもの》。王になる前は上位者には逆らえず、指示を諾々《だくだく》と聞いていたという話だからね」

しかし、王座についたことで、マサハルには自分以上の権力者がいなくなってしまう。そこからの振る舞《ま》いはかなり身勝手なものだったようで、挙げられた例では財宝や戦力の収集や魔法《まほう》の独占《どくせん》、勝手な法律の制定など、確かに暴君と言われても頷《うなず》ける内容であった。

そして何より、それらの件に対して周囲から反対意見や不満が出ると、魔法の力を誇示《こじ》して黙らせていたそうだ。

「マサハルを傀儡とするつもりでいた当時の貴族達《たち》は、マサハルの妥協点《だきょうてん》を探りつつ従う事しかできなくなったと言われておる。相手は救国の英雄、1人で戦況《せんきょう》を覆《くつがえ》す魔法を使う魔法使いじゃからな……

ここで話を戻すが、我々はエリアに、マサハル王のようにはなって欲《ほ》しくない。確かにマサハル王の災害魔法は一番の脅威かもしれん。じゃが、家族としてはエリアが周囲の人間を信用できず孤立し、他者に脅威をふりまいて服従させることしかできない人間になってしまうことが、最も恐ろしいのじゃよ」

そう語るラインバッハ様の辛そうな顔は、これまでに見たことのないものだった。子供を持ったことのない俺には、孫を思う祖父の気持ちは分からないけれど……教えておきたい。

「安心してください。エリアが災害魔法を使える可能性は、ほとんどありません」

「今、なんと？」

「エリアは、おそらく災害魔法を使えません。そもそも災害魔法というのは、特別な才能や血筋が必要になる特別な魔法ではなく、皆さんも使っている、ごく普通の魔法と変わらないものだそうです。素質があるか否かという話をするなら、エリアだけでなく全ての魔法を使える人間に素質があると言えます」

「災害魔法が、特別な魔法ではないとは……この渓谷《けいこく》を作ったという話もそうじゃが、記録に残る魔法はどれも人知を超《こ》えたもので」

「それは魔力量《まりょく》の差によるものでしょう。マサハル王は過去の神の子の中でも、突出した魔力量を持っていたと聞いています。逸話《いつわ》にある通りの魔法が使えたのなら、同じ神の子である僕でもマサハル王の足元にも及《およ》びません。

僕はマサハル王ほど魔法を使えるとは思いませんし、僕と同程度の魔力しか持っていないエリアも同じだと考えています。一般的《いっぱんてき》な魔法使いよりは可能性がある、という程度でしょう」

なるべく曖昧《あいまい》な表現を避けて説明すると、ラインバッハ様は我慢《がまん》の限界に達したようだ。セバスさんから受け取っていたハンカチで目頭《めがしら》を押《お》さえて、下を向いてしまう。

「すまぬ、少し、失礼する」

「お供いたします」

震《ふる》えた声でそう言って、まだ片付けていないテントへと入っていく2人。残された俺達《おれたち》

の間にはしばし沈黙《ちんもく》が流れたが、やがてシーバーさんが口を開いた。

「感謝する。調査にかかわった友人の私ですら、今の話で肩《かた》の荷が1つ下りた気持ちだ。ラインバッハとセバスの喜びはひとしおだろう」

「ラインバッハ様達には、僕もお世話になっていますから。お互い様《さま》ですよ」

「だとしても、我々ではいくら調べても手に入らなかった情報だ。それに、神の子である事実だけならまだしも、神託や災害魔法についてはロをつぐんでおくこともできただろう」

「私もそこまでは予想してなかったし、期待もしてなかったわ。リョウマちゃんが神の子だという事実だけで十分だったのに」

「それはそうかもしれません。でも、偶然《ぐうぜん》にも知っている情報で、しかもお世話になった人が苦しんでいると気づいた上で、それでも黙っておくというのは……単純に僕の気分が良くないです」

それで平穏無事《へいおんぶじ》に過ごせても後悔は残るだろうし、その後の顔向けもしにくくなる。なんなら今でも、もうちょっと早く気づけよ！　とか、自分のことばかりに目が向いて他人に気が回せないからダメなんだよな……とか、自己嫌悪《けんお》に陥《おちい》りそうだ。というか前世のメンタルボロボロの時だったら確実に陥ってる。

それを考えると、今はだいぶ前向きになったと思うし、そんな今があるのは公爵家の皆さんの手助けもあってのこと。だから、少しでも恩返しになればいい。

そう考えていると、2人も察して納得してくれたようだ。

「こちらとしては嬉《うれ》しいことだし、リョウマちゃんに後悔がないならよしとしましょう」

「そうだな。しかし、話す相手と内容は慎重に選ぶことだ。何かあれば、我々も力になれるだろう」

「何もないことを祈《いの》りますが、その時がきたらお願いします」

この後、テントから戻ってきた2人も、感謝と共に今後の協力を強く約束してくれた。

……先のことは分からないけど、俺《おれ》にはこうして力を貸してくれる人がいる。

この関係を大切にしていければ、きっとなんとかなるだろう。

8章15話 ちょっと一息

朝からの暴露《ばくろ》で少々遅《おく》れたものの、今日も亡霊《ぼうれい》の街へと向かって出発。昨日と同様、アンデッドとは頻繁《ひんぱん》に遭遇《そうぐう》するが、今日の移動は昨日よりもスムーズになった。なぜならば、エンペラースカベンジャースライムに乗っているから。

「スライムに乗って移動するなんて考えたこともなかったけど、慣れると案外悪くないわね」

「乗っていて驚くほど揺れませんな。まるで平滑《へいかつ》な板の上を滑《すべ》っているようです」

エンペラーは普通のスライムと同じく這《は》うように動くけど、その体の大きさ故に歩幅《ほはば》？が広くて悪路にも強い。シーバーさん曰《いわ》く〝馬の並足〟くらいの速度は出ているので、この渓谷の道なき道を難なく進めることを考えれば、十分に速いとのこと。

さらに、普通に歩いて進む場合はアンデッドと戦う度に時間のロスが発生するけれど、エンペラースカベンジャーに乗っていれば、数匹《すうひき》程度ならそのまま体に取り込んで進める。敵の数が多い場合でも、遠距離《えんきょり》から魔法で数を削《けず》れノンストップで進み続けられるのだ。

「何かがぶつかってきても、万が一落下しても包んで受け止めてもらえますから、安全性も高くて便利ですよね」

ただ……1つだけ難点もある。それはエンペラーが取り込んで、消化吸収中のアンデッドが尻《しり》の下にいるということ。

取り込まれたアンデッドは自力で脱出《だっしゅつ》できないようだし、防水布をレジャーシートの代わりにして光属性の魔力をコーティングすることで、目《め》隠《かく》しと誤飲防止、安全確保のための防壁《ぼうへき》も兼《か》ねた安全対策はしている。移動の効率と体力の温存を考えれば、優れた方法だと思うけれど……気にならないと言えば嘘《うそ》になる。

皆さんも、そこに思い至ってしまったのか、ここで話は途切《とぎ》れてしまう。

しばらくして、口を開いたのはラインバッハ様だった。

「リョウマ君、朝の話じゃが、やはり話すのは息子《むすこ》夫婦《ふうふ》のみに留《とど》めようと思う」

「ラインバッハ様を信じて話したことですし、お二人のことも信頼していますから、異論はありませんが、エリアには話さなくていいのですか？」

「うむ。実は、エリアが幼い頃に、神の子である可能性をふまえた上で、どう育てるべきか？　という話を家族内でしたことがあってな……最終的に、貴族としてよりも、人として大切なことを教えることに重きを置くと決めたのじゃ。

まずは、できるだけの愛情を注ぎ、幼い心を守り育《はぐく》もうと。他者の悪意から心身を守る術は身につけてほしいが、子供の内なら我々大人が守ってやればいい。そして、いつか力に目覚めたとしても人を信じることができることを祈ろう、とな」

言われてみれば……偏見《へんけん》だけど、貴族というと権謀術数《けんぼうじゅつすう》に長《た》けていて、子供でももっと裏表があったり打算的なイメージがある。エリアが素直《すなお》で普通の女の子らしいのは、今聞いた教育方針と、それに沿った皆さんの努力の結果なのだろう。

「その甲斐《かい》あって、エリアがまっすぐ良い子に育ってくれたのは嬉しいのじゃが、その分、腹芸はあまり得意ではない。意図せず日々の言動に余裕《よゆう》が生まれる、あるいは感情が態度に出てしまう可能性がある。

さらに、学園には貴族らしい貴族の子女が多く通っているので、目端《めはし》の利《き》く者もそれだけ多くなる。余計なところに話が広まる可能性は極力潰しておかねばならん」

「ご配慮《はいりょ》、ありがとうございます」

本音を言えば、今すぐにでも教えてあげたいだろうに……感謝しかない。

「なに、リョウマ君がいなければ、一生悩《なや》みを抱《かか》えて生きねばならなかったはず。そう考えれば、十分な救いとなろう。わしも救われた気分じゃ、アリアにも良い報告ができる」

アリア？　聞いたことのない名前だ。名前と話の流れからして、親戚《しんせき》なのは分かるけど……


「アリアちゃんはね、ラインバッハちゃんの奥《おく》さんよ」

「ということは、エリアのお婆様《ばあさま》ですか」

「アリア様はあまり体の強い方ではなく、お嬢様が幼い頃に……お嬢様の将来を、亡くなる直前まで心配しておられました。私もその時が来た折には、良いご報告ができそうです」

「喜んでくださるのは嬉しいですが、長生きしてくださいね」

「本当だ、まったく縁起《えんぎ》でもない。心残りが減ったのは分かるが、些《いささ》か気が抜《ぬ》けすぎているのではないか？」

「こんなに良い天気なんだし、別にいいじゃない。のんびり行きましょ」

確かに、レミリーさんの言う通り、今日は天気がいい。空は青く澄《す》み渡り、雲ひとつない快晴。清々《すがすが》しい風を感じながら、ゆったりした旅が続いている。

「それに、どうせ亡霊の街に着いたらそんなことも言ってられないでしょ。今のうちに英気を養っておかないと！　ってことで、なにか楽しい話でもしましょうよ。リョウマちゃん、なにかない？」

「何かって、そんな曖昧なことをいきなり言われましても」

話題が乏《とぼ》しい人間には困る。結局魔法とかになりそうだし……

「旅をするのにおススメの場所、とかどうですか？　色々と見て回ることにも興味がありますし、もしも僕が神の子だとバレた時に備えて、一時的に身を隠《かく》せる場所も用意できたら安心ですし」

「暢気《のんき》なのか警戒心《けいかいしん》が強いのか分からないけど、私だったらアドラ川の流域あたりの街を選ぶわね。あそこは大きな川を利用した水運が盛んで、賑《にぎ》わっているから観光にもいいし、人が多いだけ人に紛れやすいわ。もしもの時も陸路はもちろん、水路という選択肢《せんたくし》もあるもの」

「リョウマ様は森で生活していた実績がありますし、空間魔法も使えますので、南のバラムス伯爵《はくしやく》領も悪くないかと。そこは山林に囲まれた土地が多く、身を隠しやすいでしょうし、高級家具や細工物という特産品があるので、それなりに賑わっています」

「騎士《きし》としての経験から言わせてもらえば、逃《に》げなければならない事態になった時点で遅いぞ。手配書を出せば名と人相は国中に広まる。そうでなくとも人里で時間をかければ、多かれ少なかれ手がかりは手に入るものだ。

ジャミール公爵家の手を借りることができるのだから、極力そちらに頼《たよ》る。それができない状況になれば、他国に逃《のが》れるか、易々《やすやす》と追えない危険な場所に隠れ潜《ひそ》むことを薦《すす》める」

なるほどな……それなら今度行く予定の大樹海の中に、1つ隠《かく》れ家《が》を作ってもいいかもしれない。目的地は過去に村があったところだし、1人分の住処《すみか》を作るくらいはできるだろう。あとは、久しぶりにガナの森の家にも帰って、整備しておこうかな？

「リョウマ君ならどこに行っても、生活基盤《きばん》を整えることはできるじゃろう。わしは逃げるための備えより、発覚しても問題がないように、リョウマ君自身が権力や発言力を持つ方がいいと思うぞ。具体的には、冒険者《ぼうけんしゃ》としてランクを上げることじゃな」

ラインバッハ様は僕と出会って間もない頃にも、ランクを上げるように薦めてくれていた。ステータスボードを作った直後で、魔力量の話もしていたはずだから、あの時には既に、神の子の可能性を考えてのアドバイスだったのだろう。今更《いまさら》ながらに気づいた。

「Aまで行ければ貴族にとっても稀有《けう》な存在じゃが、リョウマ君なら一足飛びにSランクを狙《ねら》うのも手じゃろう。Sランクともなれば、貴族であっても下手な手出しはできぬ」

「まだCランクになったばかりですが、どうすればなれるのでしょうか？」

「Sランクになるには、大きく分けて2つの方法がある。1つは普通《ふつう》に長い年月をかけて実績を積むこと。そしてもう1つは、単純に腕《うで》っ節《ぷし》の強さで成り上がる方法じゃ」

さらに説明してもらったことをまとめると……

Sランクとは名誉職《めいよしょく》の側面があり、Aランクの冒険者として長年実績を積み、ギルドや国への貢献度《こうけんど》が高いと判断された者、あるいはパーティーに与《あた》えられる。俺が知っているギムルのギルドマスター、ウォーガンさんはこちらの方法でSランクになっていたそうだ。

しかし、世の中には普通、あるいは一般的といった枠組《わくぐ》みに当てはまらない実力者が現れることがある。俺のような転移者、もとい神の子はその代表格。Sランクにはそういった人間に地位を与えて保護し、首輪をつけるために用意されたものでもあるとのこと。面倒《めんどう》なこともなくはないけれど、社会的地位と抑止力《よくしりょく》としての効果は高い。

「ちなみに私のような騎士が冒険者に転職した場合、その経歴が貢献度に加算される。登録直後にAランクになったのもそのためだ」

「私も冒険者に戻《もど》ったら、以前のランクに宮廷魔導士《きゅうていまどうし》の経歴も加わるから、たぶんSかSに近いAになるわね。いっそのこと私達3人でSランクのパーティーでも組みましょうか」

それはちょっと楽しそうだ！　でも、流石《さすが》に気が早すぎるんじゃないだろうか。

思ったことを伝えると、レミリーさんはそれが分かっていたかのように笑った。

「それが、あるのよね。ランクアップを大幅《おおはば》に早める裏技《うらわざ》が」

「裏技というと、賄賂《わいろ》とか……」

「違《ちが》うわよ、Sランクになるための貢献度を効率的に稼《かせ》ぐだけ。シーバーちゃんと私の経歴が考慮《こうりょ》されて加算される話をしたでしょ？」

「……なるほど、騎士や宮廷魔導士と同様に、貢献度を加算するに値する経歴を持てば良い」

「正解！　具体的には〝剣闘士《けんとうし》〟になることね。剣闘士は見世物としての側面もあるけど、伸《の》し上がるには何よりも強さが必要。逆に言えば、強ければ冒険者より早く上のランクに上がれるのよ。それで高ランクの剣闘士資格を手に入れれば、対人戦闘《せんとう》能力に関してはお墨《すみ》付きがもらえるってわけ」

なんだかキャリアアップのために資格を取るような感じだけど、それなら理解しやすい。

「結局のところ実力がなければできない方法だし、目立つことは確実。でも、そこさえ飲《の》み込《こ》めるのであれば、リョウマちゃんならいいところまでいけるはずよ。合法かつ、ある程度安全を確保した上で経験も積めるし、勉強にもなるでしょう。

あとは、剣闘士として活躍すれば名前も売れるから、見た目で侮《あなど》られて粗末《そまつ》に扱《あつか》われることも減るんじゃない？」

「確かに……うちの店に元剣闘士の方がいるので、今度話を聞いてみます」

元チャンピオンのオックスさんに聞けば、剣闘士について詳《くわ》しい情報は手に入るだろう。早めに地位を、とはいっても焦《あせ》る必要はないのだから、最初から参加するのではなく、観光がてら一度闘技場《とうぎじょう》を見に行ってから考えてもいいかもしれない。

そうだ、その時はオックスさんにも付いてきてもらおうか。解説役がいれば、さらに詳しく理解できると思うし、本人が試合に出たいと言うなら出てもらっても構わない。自分の腕で稼いでくれれば、奴隷《どれい》からの解放を早めることもできるから、お互《たが》いに得もあるだろう。

「里帰りを済ませたら、一度行ってみる事にします」

「それがいいわ」

こうして俺達は、あまり揺《ゆ》れないスライムの背中で、雑談や情報交換《こうかん》をしながらのんびりと移動する。この調子なら、日が落ちる前には昨日の遅れを取り戻して、目的地にたどり着けそうだ。

8章16話　目的地到着と新たなスライム

「やはり状況は良くないな」

日暮れ前、空がうっすらと赤くなり始める頃に、目的地である亡霊の街の手前に到着したのだけれど……そこには予想通り、魔獣討伐《まじゅうとうばつ》の経験豊富な大人達が、苦渋《くじゅう》の色を隠しきれなくなる光景が広がっていた。

亡霊の街は、すり鉢《ばち》状にくり貫《ぬ》かれた土地の中心に建てられた巨大《きょだい》な刑務所跡《けいむしょあと》。その周囲には囚人《しゅうじん》の脱走《だっそう》を防ぐため、正八角形を描《えが》くように8つの〝監視塔《かんしとう》〟が建てられている。

俺達がいるのは刑務所《けいむしょ》の正門に続く、崖《がけ》の間を広げて作られた長い一本道の入り口で、門が閉ざされているため中の様子は見えない。しかし、どうやら門の一部が壊《こわ》れているようで、一本道の半分ほどまでアンデッドがあふれ出している。昨日、油を撒《ま》いて殲滅《せんめつ》した崖下《がいか》と同じような状態だ。

いい天気で、よく風の通る場所なのに、妙《みょう》な息苦しさも感じる。気分が悪いというか、不快感がぬぐえない。

「瘴気《しょうき》が流れてきてるわね……大丈夫《だいじょうぶ》？」

「戦闘や活動には問題なさそうです」

「ならいいけど、ダメそうなら遠慮《えんりょ》なく言ってちょうだい。瘴気は魔力の一種だから、意識しなくても気持ち悪く感じるの。このくらいなら気分が悪い程度ですむけど、瘴気が近くにある限りその気持ち悪さは続くと思った方がいいわ。だから、無理は禁物。

あと、もし瘴気が黒いもやのように見えた場合は要注意よ。視認《しにん》できるほどに瘴気が濃《こ》くなっている証拠《しょうこ》だから、そんなものを浴びたら命にも関《かか》わるわ。〝瘴気溜《だ》まり〟には極力近づかない、瘴気を纏《まと》ったアンデッドがいたら、可及的速《かきゅうてきすみ》やかに排除《はいじょ》。これを徹底《てってい》して」

「了解《りょうかい》です」

体調については注意しておくとして、問題はここからどうするかだけど……

「残念だが、常闇草《とこやみそう》どころではなさそうだ。今のうちにできる限り数を減らしておきたい」

「そうね、流石の私も、この状況で薬草採取を優先する気はないわ」

「僕《ぼく》も同じく」

「私がテレッサの街まで報告に向かいましょうか？」

「それより、わしがドラゴンを呼んで焼き払《はら》った方が早かろう。今からでは領主に話が届くまで、さらに軍を派遣《はけん》するまでの時間がかかる」

「報告するにしても、焼き払うにしても、もう少し詳しい情報が欲しい。ひとまず最寄《もより》の監視塔まで行って、それから考えてはどうだ？」

……思ったより余裕はありそうだ。というか、大人組が心強すぎる。

最寄の監視塔までの道は、目の前の一本道をしばらく進むと細い連絡《れんらく》階段があるらしく、そこを上るだけだけど……そこにたどり着くまでには、アンデッドの群れを潜《くぐ》り抜ける必要がある。

「では、また防衛線を作りますか？」

「いや、それは監視塔についてからでいいだろう。レミリー、頼《たの》めるか？」

「いいわよ。その代わり、上の対処は任せたわ。あとリョウマちゃん、私がこれから大技《おおわざ》であの大群を一掃《いっそう》するから、その後の階段下の封鎖《ふうさ》をスライム達にお願いしてもいいかしら？」

「分かりました」

この状況で適当なことは言わないだろうし、本当にできるのだろう。できるのならば、どんな魔法なのか？　よく見ておかなければ。

「それじゃ、気づかれないうちにやっちゃうわね。『レーザー』」

レミリーさんが1人、一本道の中央に踊《おど》り出て唱える。直後に構えた杖《つえ》の先から、細く収束した1本の光線が飛び出した。その光は、前世にあったレーザーポインターを思い出させる。出力によっては、皮膚《ひふ》を焼いたり失明に繋《つな》がる物もあるのは知っているけれど、ゾンビの大群を相手にするには、若干《じゃっかん》心もとない。

そんな印象を抱《いだ》いた次の瞬間《しゅんかん》には、光線の軌道《きどう》上にいた全てのアンデッドが消え去ってしまう。一拍遅《いっぱくおく》れて、光線が一瞬《いっしゅん》にしてアンデッドの体を貫通《かんつう》し、消滅《しょうめつ》させたことを理解した。

さらに、レミリーさんが杖の先を軽く右から左へ動かせば、追従する光線で大群が一気になぎ払われる。一本道に犇《ひしめ》いていたアンデッドは、ものの数秒で一掃されてしまった。

「……え、こんなにあっさりと？」

「この魔法は貫通力が高いし、遮蔽《しゃへい》物がない場所ならこんなものね。ただし魔力消費が激しくて、連発はできないわ。だから早めに階段前の確保をお願い」

「そうでした！」

急いで移動しながら、エンペラースカベンジャースライムに指示を出して、階段下を確保。分離《ぶんり》してスカベンジャースライムの大群になってもらい、近づく敵の処理を頼む。

下の確保ができたら、用心しながら石の階段を上っていく。どうやら監視塔にもアンデッドが巣食っているようで、細い通路からもゾンビやスケルトンが姿を現すけれど、そんなに狭《せま》い場所で密集していれば、散弾《さんだん》の良い的だ。

「『ライトショット』」

「あら、私との勝負で作った魔法ね」

「狭い場所では効率がよさそうだ。室内戦でも役に立つのではないか？」

「レミリーとの勝負が役に立ったのぅ」

「そうですね。最初は少し戸惑《とまど》いましたけど、今は勝負をしてよかったと思います」

「私もやってみようかしら」

そう言ってレミリーさんは、俺のライトショットを真似《まね》て援護《えんご》射撃《しゃげき》を始めた。最初の1発はあまり拡散しなかったが、使い方のコツを聞かれたので教えたところ、3発でほぼ完《かん》璧《ぺき》に習得できたようで、さらに進む速度が上がる。

「教えてもらっておいてなんだけど、この魔法はあまり気軽に他人に教えない方がいいかもしれないわね」

「ああ、ショットガンから神の子とバレやすくなりそうですね」

「そこじゃないわ。ショットガンについては〝昔話から着想を得た〟とか言っておけばいい。問題はこの魔法が便利なだけに、今後〝教わりたい〟って言う人が出てくるかもしれないからよ」

俺は即席《そくせき》でなにげなく使っていたけれど、ライトショットは少ない魔力で多くのアンデッドを倒《たお》せる反面、その効率を最大化するには〝高い魔力操作能力〟や〝立ち回り〟など、それなりの技術と経験を必要とする魔法になっていたらしい。

「どんな魔法でも使用者の戦闘経験や素養は影響《えいきょう》するけれど、光魔法だと余計に難易度が高くなるからね……教えてあげても習得できなかった時、自分の実力不足だって納得してくれる人ならいいけど、そうじゃない人も沢山《たくさん》いるから困るのよ」

魔法の達人であるレミリーさんは、これまで数え切れないほど指導をお願いされたことがあるそうだ。しかし、習得できないと教え方が悪いと言われたり、教えたくないから必要な何かを隠しているなどという言いがかりをつけられたりする事が沢山あったそうだ。

善意で教えてあげたとしても、面倒事に発展する可能性があるので、教える相手や内容には注意するように。指導者の道に進みたいのでなければ、教えるとしてもできるだけ基本的で簡単なことだけにしておく方が無難だ、とのアドバイスを頂いた。

なお、その話には横で聞いていたセバスさんが同意を示していた。空間魔法で同じような経験があったらしい。2人の言葉は心に留めておこう。

「『ライトショット』……これで一通り片付きましたね」

無事に到着した監視塔は、円柱状の塔《とう》の隣《となり》に、監視員《かんしいん》の休憩所《きゅうけいしょ》として使われていたと思《おぼ》しき小屋が付随《ふずい》しているだけの簡素な作り。廃墟《はいきょ》と呼ぶにふさわしい古い建物にもかかわらず、しっかりと形が残っている。その周囲は平らに均《なら》されているだけの台地で、落下防止の手すりすらない。

暗い時は危なそうだし、経年劣化《れっか》で破損してなくなったのだろうか？　疑問に思ったが、余計なものがないおかげで、監視塔の制圧は容易だった。

安全を確保してから、亡霊の街の様子を確認《かくにん》。流石に塔を上るには不安があるが……幸い、この塔がある場所そのものが刑務所より高い位置にあるため、ここからでもある程度は内部の様子が窺《うかが》えた。

門の内部は、罪人を収容することだけを目的としていたのだろう。長方形で飾《かざ》り気《け》のない、重厚《じゅうこう》な石造り建物が整然と並べられており、その中心には監視塔を大型化したような塔が立っている。

亡霊の街の建物も当然ながら、全体的に廃墟らしい廃墟。ところどころがコケに覆《おお》われ、大きなヒビも見えるけれど、倒壊《とうかい》しているものは少ない。建物内部やその裏までは分からないが、教えてもらった瘴気溜まりらしきものは見えなかった。

「ふむ、見える限りでは、下位のアンデッドが大量に発生しているだけのようじゃな。瘴気は広く薄《うす》くといったところか」

「早急《さっきゅう》に対応すべきではあるが、まだ逼迫した状況でもなさそうだ」

「不幸中の幸いですな」

俺からすると、もはやゾンビ映画のクライマックスに近い状態に見えるけれど、まだ大丈夫らしい。彼《かれ》らがまずいと思うような状況とは、一体どんな事態なのだろうか……

そんな、くだらないことを考える余裕が出てきた時だった。

「！」

「リョウマ、どうした？」

「何かございましたか？」

「下を守ってもらっているスライムの一部が……危険や不安と言った感情は流れてきていないので、問題ではなさそうです」

一瞬、アンデッドの食べすぎで不調を起こしたのかとも思ったが、これはおそらく進化だ。

皆《みな》さんに一言ことわりを入れて下に戻ると、やはり進化の予兆を示すスカベンジャースライムが10匹《ぴき》ほどいた。

彼らは他のスライム達に守られるように、多数の仲間達の中心に鎮座《ちんざ》して、体から魔力の放出と吸収を繰《く》り返す。おそらく進化の途中《とちゅう》は無防備になるのだろう。彼らはいつも、俺が守ってやれる場所か、人目に付かない場所に隠れて進化をする。

……これ、進化の途中で触《さわ》ったりしたらどうなるんだろうか？　虫の脱皮《だっぴ》中とかに手を出すと、体が変形したり悪影響《あくえいきょう》がでることがある、と聞いたような記憶《きおく》もあるけど……うろおぼえだしな……

しかし、スライムの場合はどうなるのか？　一度気づくと気になるけれど、変なことになってもかわいそうだ。それに、アンデッドを食べたスライムの進化は初めてだから、ここは大人しく見守ろう。

思考よりも観察に集中すると、今日のスライム達は進化の際に噴《ふ》き出す魔力が多いことに気づく。複数同時に進化しているせいかもしれないが……

「へぇ、スライムってこんな風に進化するのね」

「！　ビックリした。レミリーさん、シーバーさんも来てたんですか」

「ラインバッハちゃん達が、リョウマちゃんはスライムに集中して警戒《けいかい》が疎《おろそ》かになるかもしれない、って言い出したから追ってきたのよ。本当に熱中してたわね」

「すみません、ぜんぜん気づきませんでした」

「油断はよくないが、あまり気にするな。わざわざ〝ハイド〟まで使って忍《しの》び寄ってきたからな」

呆《あき》れた顔のシーバーさんが教えてくれて気づいたが、またあの気配を消す魔法を使っていたらしい。視線を向けると、いたずらっ子のような笑顔《えがお》で返された。
それから進化が終わるまで、3人でスライム達を見守る。シーバーさんとレミリーさんもスライムの進化を見るのは初めてらしく、結構興味を持って見てくれていたようだ。
「……終わったみたいですね」
アンデッドを食べて進化したスカベンジャースライムは全《すべ》て、体が黒っぽい土の色になっている。サイズは他種のスライムと比べても格段に大きく、直径が60㎝位。ちょっと腰《こし》掛《か》けるのに丁度良い感じの高さだ。座《すわ》らないけど。
魔獣鑑定《まじゅうかんてい》をしてみると、彼らは〝グレイブスライム〟という種類らしい。グレイブ……薙刀《なぎなた》みたいな武器だったかな？　でも何故《なぜ》？　と思っていたら、スキルを見て自分の間違《まちが》いに気づいた。
グレイブスライム
スキル　死霊誘引《しりょうゆういん》（1）　死霊吸収（3）　遺体安置（3）　病気耐性《たいせい》（7）　毒耐性（7）
瘴気耐性（8）　悪食《あくじき》（6）　清潔化（2）　消臭《しょうしゅう》（7）　物理攻撃《こうげき》耐性（2）　ジャンプ（3）
消化（7）　吸収（3）　分裂《ぶんれつ》（2）　体術（2）
死霊誘引、死霊吸収に遺体安置。墓も英語でグレイブだった事を思い出して、名前の由来には納得《なっとく》できた。能力的には清潔化のレベルが下がり、消臭液に至ってはなくなっている。その代わりにさっきの3つのスキルを習得していた。俺との訓練で身につけた技能を失っていないのは、訓練をして身につけたからだろう。

さらに、好む属性を調べてみると、土と闇《やみ》、そして空間……空間⁉

「驚《おどろ》いた」

空間属性の魔力を好むスライムは、これが初めてだ。ただのスライムに空間属性の魔力を与え続けても、一向に進化することがなかった。進化をしない可能性も考え始めていたけれど、これは空間魔法を使うスライムが存在する可能性も出てきた！

あとは、新しいスキルの実験もしてみよう。最初は〝死霊誘引〟から。名前からして、アンデッドを引き寄せるスキルだろうとあたりをつけて、今もアンデッドを食べているスカベンジャー達には道を明けてもらう。

そして……結果は予想の通り。グレイブスライムが人魂《ひとだま》のような青白い光を発したかと思えば、それまで手当《てあ》たり次第《しだい》に近くのスカベンジャーを狙っていたアンデッド達が、わき目も振《ふ》らずにグレイブスライム達に向かって歩き始めた。

さらに、死霊吸収は集まったアンデッドをそのまま体に取り込めるようだ。しかも、ほとんどのアンデッドが大人しく飲み込まれていく。スカベンジャーに飲み込まれていく時は、アンデッドも抵抗《ていこう》を見せていたのに……これがグレイブスライムの能力だろうか？　しばらく観察していると、自分から率先《そっせん》して飲み込まれに行っているようにも見える。

最後に、遺体安置というスキルは、どうやらアンデッド系魔獣《まじゅう》を消化せずに体内に保管して、出したい時に自由に出せるらしい。アンデッド系の魔獣限定なら、あまり使い道がなさそうだけど、〝遺体〟に動物の死体も含《ふく》むのであれば、狩猟《しゅりょう》をした後の獲物《えもの》の運搬《うんぱん》に役立つかもしれない。

「これは、研究のしがいがある！」

「リョウマちゃん、そろそろいいかしら？　私達はスライムには詳しくないから、いくつか聞きたいのだけれど」

「あ、はい。そうですね。一度上に戻りましょうか。その方が話もしやすいと思いますし」

こうして、再び上に戻ることになったのだけれど……階段を上る間ずっと、俺の背中には2人の、目を離《はな》すとすぐに走って遊びにいってしまう子供を見守るような、生暖かい視線が注がれていた気がした……

8章17話　飴と鞭

監視塔に戻ると、ラインバッハ様達《たち》が野営の準備を整えてくれていた。

「おお、戻ったか。今回はなんというスライムになった?」

テントを張りながら、いち早く俺達に気づいたラインバッハ様は、もう俺の行動パターンを理解してくれているのだろう。当たり前のように聞かれたので、グレイブスライムについて、魔獣鑑定や実験で分かったことを説明する。

「グレイブスライム……聞いたことがないのぅ。また新種だと思うが、それよりも能力の方が興味深い」

「アンデッドを引き寄せて捕食《ほしょく》する能力とは、いい時にいい進化をしましたな」

「ここに来るまで、大量に食べさせましたから、そのせいかと」

「能力については私達も実験の様子を見ていたから、間違いないと思うわ。でも私としては瘴気耐性の方が興味深いわね。アンデッドもそうだけど、瘴気も一緒《いっしょ》に食べさせて処理できるのかしら?」

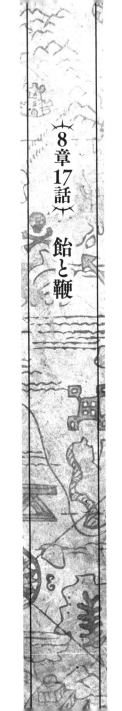

「グレイブスライムが許容できる瘴気の量を見極《みきわ》めることができれば、アンデッドと一緒に瘴気も処理できるかもしれません。でも、そこは色々と条件を変えて調べてみないと」

「もしそれが可能だとしたら、グレイブスライムの価値はかなり高くなるわよ」

アンデッドと瘴気は、生物が死ぬ環境《かんきょう》であればいつどこにでも発生する可能性がある。さらに、死者の数が多くて凄惨《せいさん》な死に様であればあるほど、その発生確率は高くなってしまう。

遺体の埋葬《まいそう》などアンデッド化を防ぐ方法、発生した場合の対処法はもちろんあるので、人の生活圏《せいかつけん》で発生することは滅多《めった》になく、発生したとしても即座《そくざ》に対応されることがほとんどだけれど、人間のやることに絶対はない。少し横を向けば見える刑務所跡は、防止と対応が間に合わなかった実例だ。

ここほど酷《ひど》い場所は少ないけど、アンデッドや瘴気が湧《わ》きやすい場所は沢山あるそうなので、グレイブスライムはそういう場所で役に立つ可能性が高い。

「私としては、遺体安置という能力が気になるな。もしアンデッドでなくとも自由に取り込みと排出《はいしゅつ》ができるのならば、軍や騎士団《きしだん》の出動時に1匹配備したい」

魔獣討伐の任務の際は褒美《ほうび》ということで、給金とは別に討伐《とうばつ》した魔獣の肉や素材を金に変えることが許されるのだが、荷物に余裕がない状況《じょうきょう》では処分するしかない。より多く素材を持っていければ、儲《もう》けが増える。そうとなれば、必然的に隊の士気も上がるだろう。

あとは……任務中に殉職者《じゅんしょくしゃ》が出る場合もあるからな」

「……なるほど」

仲間が亡《な》くなれば、できるだけ連れ帰ってやりたいと思うのが人情だろう。

「従魔術師《じゅうまじゅつし》として考えられるのは、アンデッド系の魔獣と契約《けいやく》することか」

各々《おのおの》グレイブスライムの能力の感想や、俺が思いつかなかったことを教えてくれるが、
ラインバッハ様の言葉には驚いた。

「アンデッドとも従魔契約《じゅうまけいやく》ができるんですか？」

「アンデッドも立派な魔獣じゃからな、可能ではある。あまり好んで使役《しえき》する従魔術師はおらんがな。特に人型の死体を使役するというのは、忌避《きひ》されやすい。宿にはまず泊《と》まれず、街に入れなくなる事もあるという。

あくまで魔獣として考えたとしても、便利なのは再生能力くらいじゃ。日中の弱体化や体臭《たいしゅう》、周囲の目などを考えたら、不利益の方が大きかろう」

「納得です。それは好まれない……というか、契約する人はいるのでしょうか？」

「わしは従魔術師としての適性確認のために、一度だけ試《ため》したことがある。そのまま使役しようとは思わなかったが、アンデッドにしか適性がない従魔術師や研究の都合上必要な

研究者は、仕方なく使役することもあるらしい」

研究のために仕方なくとは、スライム研究者に次ぐ不遇《ふぐう》研究者が居そうだ。そういう人達が、グレイブスライムを知ったらどうなるだろう？　研究の時以外はグレイブスライムの中に入っていて貰《もら》えば……ダメか？

まぁ、それは置いておくとして、

「グレイブスライムの利用の幅《はば》は、思ったよりも広そうですね……スライムは養分を蓄《たくわ》えれば分裂しますから、今後のためにもここである程度増やしておいてもいいですか？」

「ああ、今後の話が途中じゃったな。もちろん構わんよ」

「どのみち、ここのアンデッドは減らしておきたいからな。異論はない」

「今からだと暗くなるし、本格的な討伐は明日にしましょう。まずは守りを固めておかないと」

確かに、もう遠くの空が赤くなりつつある。亡霊の街が目と鼻の先にあるので、夜に出てくるアンデッドの数も、昨夜とは大違《おおちが》いになるだろう。

ということで、今日も防衛陣地《じんち》を構築。監視塔前の広場に昨日と同じスライム石垣《いしがき》&有《ゆう》刺《し》鉄線を設置して、監視塔に続く唯一《ゆいいつ》の階段をエンペラースカベンジャーで封鎖した。その後ろにグレイブスライムを配置すれば、それだけで飛べない敵は防げるだろう。もし取り込みきれない数が一気にきても、エンペラーならグレイブに流すか、階段下に投げ落とせる。

あと、グレイブスライムは空を飛ぶアンデッドも吸収できるのだろうか？　ゾンビとスケルトンは確認できているが、レイスやウィスプはまだ見ていない。もし可能なら、対空防御《ぼうぎょ》の一部にもなるけれど、レイスは肉体がないし、ウィスプに至っては火の玉だからな……まぁ、その辺も実験だ。

……日が落ちるにつれて、アンデッドの姿が増えてきた。特に顕著《けんちょ》なのはレイスとウィスプで、刑務所の建物の屋根をすり抜けて空に浮《う》かんでいる。遠目から見ると蛍《ほたる》みたいで、綺麗《きれい》に見えなくもない。

「あれも命の輝《かがや》きというのかな……」

「詩的な表現ですな」

「あっ、セバスさん」

聞かれていたのはいいけれど、詩的とか言われると恥《は》ずかしい。

「あのレイス達も、闇が深くなればこちらに近づいてきます。夕食も温まりましたので、どうぞこちらへ」

「ありがとうございます」

セバスさんに続いてホーリースペースに入ると、外と内とで明らかな空気の違いを感じる。呼吸が楽になった気がして、光属性の魔力《まりょく》で瘴気が祓《はら》われていることを実感できた。

「お疲《つか》れ様《さま》です。レミリーさん、凄《すご》いですねこの効果」

「外から戻るとより強く感じるでしょ？　今日は昨日より力を入れておいたから、安心して食事にしましょう」

そう言いながら、彼女《かのじょ》は率先して鍋《なべ》の中のレトルト食品を取る。そして、袋《ふくろ》を破った時に異変が起こった。

亡霊《ぼうれい》の街上空、それもこの監視塔に近いところを飛んでいたアンデッドの一部が、こちらに引き寄せられるように飛んできた。思わずグレイブスライムを確認するが、死霊誘引は使っていない。

警戒しているうちに、飛行するアンデッドはこちらの上空へ。ホーリースペースの効果で近づけないようだけど、外にいるスライムを襲《おそ》うこともなく、周囲をふよふよと漂《ただよ》っている。まるで、こちらの様子を窺っているみたいだ。

「リョウマ、あれはあまり気にしなくていい。ここではよくあることだ」

「そうなんですか？」

「アンデッドの行動には、生前の感情や思考が反映される傾向《けいこう》がある。そして、ここでは死刑《しけい》の方法として、囚人を〝餓死《がし》〟させていた。だからここのアンデッドには、死してなお、飢《う》えや渇《かわ》きを感じている者が多いのだろう。料理に限らず食べ物だと分かるものを持っていると、近づいてくる個体が多いんだ」

「納得しましたけど、気まずいですね……」

「普通の感覚じゃろう。いくら罪人の成れの果てとはいえ、飢えている相手を目の前にして、心穏《おだ》やかに食事ができる人間はそうそうおらんよ。いたらいたで、そやつの神経を疑うが」

「騎士団の訓練でも、新人は大体食欲を失うからな。時間をかければそれだけ辛《つら》くなる。ここではさっさと食べてしまうに限るぞ」

納得して、食事に集中。必然的にこの日の夕食は、いつもより会話が少なく、早々に終わった。

しかし……

「食べ物がなくなっても、帰るわけではないんですね」

「まだなにか持っているのではないか、と考えているのかもしれませんね」

食事を終えても集まったアンデッドは飛び去らず、どこかものほしそうに周囲を徘徊《はいかい》している。害はなくとも、気分はよくない。ある程度の安全が確保されていて、心に余裕《よゆう》があるだけに、目に付いてしまう。そういう意味では、昨夜の勝負は気を紛《まぎ》らわすためにも良かったのだろう。

「これって、食糧を渡《わた》したら去っていったりしませんか?」

生前の悪行で、飢えと渇きに苦しみ続ける亡者《もうじゃ》と聞いて、思《おも》い浮かべたのは仏教における〝餓鬼《がき》〟。あまり詳しくはないけれど、お盆《ぼん》の時期には徳を積むため、食べ物を供して供養《くよう》する〝施餓鬼《せがき》〟を行う地域や家もあったはずだ。

そういう話を聞いたことがあるが、こちらに習慣や行事名はないのだろうか? と、それとなく聞いてみるが……

「死者に冥福《めいふく》を祈《いの》る際に、花や酒などを供えることはありますよ。しかし、アンデッドに対して行うことはありませんね……やはり危険ですから、逃げるか討伐が優先されます」

「それに、アンデッドに食糧を渡しても飢えは解消されないようだからな。糧食《りょうしょく》の一部を与える新人も毎年いたが、アンデッドは食べようとするだけだ。

腕が動かず目の前にある食糧を拾おうとしては落とすゾンビやら、食糧を口に入れても骨の隙間《すきま》から落ちて元に戻るだけのスケルトン。レイスやウィスプに至っては実態がないので何もできない。飢えが解消されるどころか、必死な姿が余計に哀《あわ》れになるだけだった」

「そうなんですね……」

シーバーさんは実際にそれを何度も見ているのだろう。もしかしたら、ご自身でも食べ物を与えたことがあるのかもしれない。そのくらい、最後の言葉には実感がこもっていたように思う。

それなら、討伐した方が楽なのだろうか……と思い始めたところで、1匹のレイスが目に留まる。それは他のレイスと同じく、ぼんやりとした人型で、個人の顔の区別はつかない。しかし、他のレイスが周囲をうろうろとしている中で、そのレイスだけがホーリースペースの傍《そば》に立って、じっとこちらを見ているようだった。

「あれはなんでしょうか？」

「分からん。あの個体に限らず、アンデッドの行動は考えても分からんよ」

「上位のアンデッドなら、少し生前の記憶が残っている場合もあるんだけど、それだって理性はほとんどないからねぇ……」

「気になるなら適性の確認がてら、一度契約《けいやく》してみてはどうじゃ？　なにか分かるかもしれんぞ」

確かに、言葉を喋《しゃべ》らないスライム達の感情も、従魔契約すれば伝わってくる。それはアンデッドも同じなのだろう。それに、将来スライムにアンデッド系の種類がいた時に、契約できるかどうかが気になる。

思いついた事を試《ため》すため、棒立ちのレイスに従魔契約を試してみることにした。ホーリースペースの中から限界まで近づき、従魔契約の魔法《まほう》を使う。すると——

ブチッ!!

——という音が聞こえた気がした。

「どうした?」

「失敗したみたいです。スライムとならスムーズに魔力の線が繋がるのですが、今回はそれが無理やり引きちぎられたみたいで」

握手《あくしゅ》のために差し出した手を叩《たた》き落されたような、拒絶《きょぜつ》も感じた。

「それは失敗じゃな。おそらくリョウマ君はレイス、もしくはアンデッド全般《ぜんぱん》との相性《あいしょう》が非常に悪いのじゃろう。ただ契約できないだけなら、抵抗を感じたり、うまく線が繋がらなかったと感じる者が多いからのぅ。レイスとの相性が特に悪いのか、アンデッド全般との相性が悪いのかは分からんが」

そう言われたので確認のため、グレイブとエンペラーに頼んで、階段を上ってきていたゾンビとスケルトンにも従魔契約を試みたが、どちらも結果は同じ。どうやら俺《おれ》はアンデッド系の魔獣との相性が最悪らしい。どの個体にも、とにかく拒絶されまくった。

ただ、なんとなく感じたこともある。契約を試すと、毎回拒絶されて終わるのは同じだけど、少しずつ拒絶の質が違う気がする。何が違うのかと聞かれたら困るし、答えられないが……なんだか悲しい。

討伐することが、彼らにとっての一番の救いになるのかもしれないけれど、

「すみません、やっぱり食べ物を与《あた》えてみていいですか？　アンデッドが集まると思いますが、効果がない場合は責任を持って討伐しますから」

「別に止めはしない」

「気の済むようにやればいいわよ」

許可が出たので、土魔法でその辺の地面から大きな器を作り、アイテムボックスから念のために用意していた薪《まき》や芋《いも》などを取り出す。ここで即座にアンデッド達が反応したのを確認しつつ、器の中に入れた薪に火をつける。

「わざわざ調理をするのですか？」

「いえ、十分に火が大きくなったら、食糧を火にくべます」

一般人《いっぱんじん》も行う日本の年中行事的なものなら〝送り火〟や〝迎《むか》え火《び》〟、専門的なものなら〝お焚《た》き上げ〟に〝護摩行《ごまぎょう》〟など、宗教的行事の中には火を焚くものも少なくない。

ヒンドゥー教の寺院で行われる礼拝では、僧侶《そうりょ》が供え物の花や食べ物を、神像の前に焚いた火にくべることもある。日本で仏壇《ぶつだん》にお線香《せんこう》を供えるのは香食《こうじき》といって、〝仏様は香《かお》

り を食す〟という考えがあるからだ。

専門的な知識などないし、ちゃんとした道具も線香もないので全てがあり合わせ。そもそもこちらの人にはそういう習慣すらないけれど、上手《うま》くいったら儲けもの。

後ろで見守る４人にそんなことを説明しながら、期待と祈りを込《こ》めて干し肉を火にくべる。

「……ダメか？」

燃える肉から立ち上る煙《けむり》を、数匹《すうひき》のレイスが浴びた瞬間、そのレイスは激しく周囲を飛び回り始めた。その様子はとても安らかとはいいがたく、言葉がなくとも怒《いか》りのようなものを感じる。

そういう文化がないので、ただ目の前で肉を焼いて無駄《むだ》にしているだけと思われただろうか？　それなら、闇属性の魔力を干した芋と一緒にくべてみる。

闇属性魔法は、精神にも作用する魔法。先日、試験官に恐怖《きょうふ》を与えて失神させたように、ここでは意思を込める。少しでも飢えが和らぐこと、できれば迷わずあの世に行けるようにと願いながら、煙を焚き続ける。

すると――

「！　……伝わった？」

体で激しい怒りを表していたレイス達の動きが、徐々《じょじょ》にゆっくりと穏やかなものになっていき、やがて積極的に煙の中を潜り抜《ぬ》けていくようになる。

「どうやら、成功のようじゃな。燃やして煙にすればよかったのか？」

「ただ燃やすだけじゃダメだと思うわ。これはそういう闇魔法《やみまほう》と考えるべきよ」

「というと？」

これって闇魔法なのだろうか？　全部思いつきでやったのに。

「魔法全般《ぜんぱん》に言えることだけど、魔法を使うには〝概念《がいねん》〟が大事なのよ。たとえば私の得意な影魔法《かげまほう》にはシャドーニードルっていう、アースニードルと似た魔法があるんだけど〝影が針になって人体を貫《つらぬ》く〟なんて、自然に起こることではないわよね？」

「確かに、あったら怖《こわ》いです」

「だったらなぜそんなことができるのか？　それは魔法使いが使いたい魔法を明確にイメージして、魔力によってそれを実現するから。この魔法の元となるイメージをより強く、確かなものにするために必要なものが、概念の理解なの」

レミリーさんによれば、理屈《りくつ》を理解した方が魔力を効率的に運用できて、効果が高い魔法になる。それは裏を返せば、効率を度外視してよく、必要なだけの魔力が用意できるのであれば、概念だけで魔法を発動することは理論上可能だということ。

「今回はリョウマちゃんの知っていた〝弔《とむら》い方〟の概念に、火と闇属性の魔力を合わせた結果、アンデッドに食糧を供えるための独自の闇魔法ができたわけね。

こういう儀《ぎ》式的《しきてき》な魔法、それもアンデッドに関係する魔法は、死体をアンデッドに変えたり、意思をもったまま自分をアンデッドに変えて生きながらえたりしようとしたり。大《たい》抵《てい》は馬鹿《ばか》な人間がやって失敗することだけど、中途半端《ちゅうとはんぱ》に成功した例もあるから、別に不思議でもなんでもないわよ。

というか、そもそもリョウマちゃんは普段《ふだん》から思いつきで魔法をいじるじゃない。今更《いまさら》でしょ」

それもそうだった。ぐうの音も出ない。

「それより、まだ足りないみたいよ」

「あっ、ありがとうございます」

肉も芋も1つだけだったので、早くも燃《も》え尽《つ》きかけている。闇属性の魔力と食糧を祈りながら追加して、さらに激しく煙を焚く。しばらくそれを繰り返していると、もはや数え切れない数になっていたレイスの1匹が、俺の目の前でピタリと止まった。

「？　もしかして」

最初のやつかと思ったが、それを問うことはできなかった。目の前で止まった1体のレイスは、相変わらず表情がよく分からない。しかし、一瞬だけ安らかな顔をしたように見えて、目の錯覚《さっかく》を疑った次の瞬間には、煙の中に溶《と》けるようにその姿を消してしまった。

（願わくば、彼らの来世が幸福なものになりますように）

こう思うのは俺が《一度は死んだ身》だからだろうか？　その後も、1匹、また1匹と姿を消していくアンデッドを見送りながら、彼らの冥福を祈る……と同時に、消滅できないアンデッドには明日からも心置きなく、実力行使で対応する意思を固めた。

特別書き下ろし・神々の悩みと新たな女神

リョウマが塔でアンデッド討伐に精を出していた頃《ころ》……神界のとある場所では、大きな円卓《えんたく》に9柱の神々が集まり、時折手元に物を出したり消したりしていた。その表情は明らかに困っていると分かる悩ましげなもので、出てくる言葉にも具体的な解決策の提案はない。


「どうしましょうかね……」

「まいったな……」

「ん～……」


そんな、行き詰《づま》った会議のような空気が長く続いた、ある時。


「むっ？」

「ガイン、何かいい案でもあったか？」

「いや、メルトリーゼからの連絡《れんらく》じゃよ。話がしたいと、今どこにいるかと聞いておる」

「なんだ、そうか」

良い解決策が浮かんだのかと、淡《あわ》い期待を込めたテクンの視線が虚空《こくう》に向かう。他の神々も、若干《じゃっかん》の落胆《らくたん》を表情に浮かべるが、

「あら？　メルトリーゼからの連絡って、あの子が起きたの？」

「あと100年くらいは寝《ね》てると思ったけど」

「そのようじゃのぅ……急いでおったようじゃし、何かあったのかもしれん。ここに集まっていると教えておいたから、すぐに来るじゃろう」

「おいおい、このタイミングでまだ他に面倒事《めんどう》が重なるのかよ」

「まだ、そうと確定したわけじゃありませんよ」

ルルティアとクフォがガインに問えば、その答えを聞いてキリルエルが頭を抱《かか》え、ウィリエリスが訂正《ていせい》を入れる。言葉を発せずにいたセーレリプタ、グリンプ、テクンも含めて、神々の行動は違《ちが》えど、その心は1つ……

〝厄介《やっかい》事が重ならないでほしい〟

そんな願いを抱《いだ》きながら、待つこと数秒。神々が集まる円卓に、新たな女神が姿を現した

「おはよう……これ何……？」

眠《ねむ》たげな声と共に現れたのは、金髪碧眼《きんぱつへきがん》でフリルを多用した服を着る、人形のような少

女。わざわざガインを訪ねてきたのは、なにか相応の理由があるはずだが、その表情には他の神々のような感情が一切《いっさい》表れていない。

神々は久しぶりに彼女の姿を見たが、その態度がいつもと変わらないことに、少しだけ安堵《あんど》した。この様子なら問題があったとしても、大きくはないだろう、と。

「久しぶりじゃな、メルトリーゼ。実はこちらでも少し問題が起きていてな、もう少し経っても進展がなければ起こそうと思っていたところなんじゃ」

「ちょうどいいべ。どうせ話も進まなくなってたんだ、少し休憩《きゅうけい》にして、メルトリーゼの話を聞くことにするだよ」

「グリンプに賛成ー、ボクも疲れたよぉ」

セーレリプタと同様に、他《ほか》の神々もその意見には賛成を示した。円卓にはそれぞれが好む飲み物が現れ、場の雰囲気《ふんいき》も和《やわ》らぐ。

「ということで……話があると言っていたが、突然《とつぜん》どうしたんじゃ？」

「今の転移者の話が聞きたい」

メルトリーゼは単刀直入に聞く。それもいつものことだが、神々はその内容に少しだけ驚いたようだ。

「珍《めずら》しいね？　メルトリーゼが転移者に興味を示すなんて。いつもは無関心なのに」

「話が聞きたい」

「いや、僕《ぼく》らも事情が分からなきゃ、何から話していいか分からないよ……」

クフォがそう言うと、メルトリーゼは一度、小首を傾《かし》げてから口を開く。

「数日の内に、異常発生していたアンデッドが減少した。変な魔法を使う転移者が原因、あと変なスライム」

メルトリーゼは死と眠りの神。その名の通り、神としての役割は生命の死に関する物事全般で、死後に神界まで流れ着く〝魂《たましい》〟を管理することも彼女の役割の内。そして彼女は人間で言うところの〝通常業務〟であれば、眠りながら行える。

それを当然知っていた神々は、リョウマがアンデッドを大量に討伐したために、アンデッドとなっていた魂の欠片とでも言うべきものが解放されて流れ着き、異常の可能性があると判断したのだろうと理解する。

「大体理解したけど、なんでリョウマ君がそんなことを？」

「アンデッドが異常発生していたのでしょう？　だったら冒険者《ぼうけんしゃ》として依頼《いらい》を受けたのでは？」

「誰《だれ》か見て、るわけねぇよな。俺達《おれたち》も忙《いそが》しかったんだし」

「人間はたった数ヶ月でも目を離したら状況が変わるからねぇ……あー、今は亡霊の街にいるんだ、それでアンデッド討伐ねぇ。経緯《けいい》については納得だけど、そこまで慌《あわ》ててくるほどぉ？　アンデッドの討伐なんて普通《ふつう》の人間でもやってることじゃん」

　地球の人間が休憩時間にスマートフォンでネットを見るように、セーレリプタは地上の様子を眺《なが》めながら疑問を呈《てい》する。そこでメルトリーゼは淡々《たんたん》と付け加えた。

「アンデッドの消滅《しょうめつ》、瘴気《しょうき》祓い、僅《わず》かだけど土地の浄化《じょうか》も一気にやった。あと、使役しているスライムもおかしい」

「……だいぶ面倒な処理までやってくれたみたいだねぇ。うん、それは確かに気になるかもぉ」

「どうやら前世の宗教行事の概念を元に、供養という形で儀式的な魔法を構築したようだ。影響《えいきょう》を与える範囲《はんい》が広いのは、曖昧《あいまい》な知識を元に、複数の儀式《ぎしき》の概念を一緒くたにしているからだな。

　意図的にではなく場当たり的、結果的な産物故に粗《あら》は目立つ。はっきり言って雑な魔法だが、効果は確かに出ている。危険性は無視してもいいほど僅かだろう」

　ここで、これまで一言も喋らずにいたフェルノベリアが述べる。魔法に関する物事において、魔法の神である彼の言葉は最も信頼《しんらい》が置けるものだ。

「それなら何も問題ありませんね」

「最近は活性化の影響で瘴気も増えたからなぁ……偶然《ぐうぜん》だとは思うけんど、助かるべ」

ウィリエリスとグリンプが笑ってお茶をする一方で、メルトリーゼはさらに質問を続ける。

「本人の詳《くわ》しい情報を求める」

「リョウマ君については、少しややこしいことになっておってのぅ……ひとまず情報だけ送ろう」

ここで、ガインが何かを念じるような素振《そぶ》りを見せると数秒で、言葉もなく情報の共有が行われる。それに伴《ともな》い、これまで無表情だったメルトリーゼが僅かに眉根《まゆね》を寄せて、不快感を滲《にじ》み出させた。

「……理解した。今の転移者〝リョウマ・タケバヤシ〟は異常。地球の神の魂の扱《あつか》いには憤《いきどお》りを覚える」

「うむ。地球の神に対しては、我々も同じ思いじゃよ。しかし、リョウマ君はとりあえず心配ない。歪《ゆが》みは抱えているが、基本的に良い子じゃからな」

「それに、今はお互《たが》いに忙しくしてるけど、時々会いに来てくれるからね。その時に会って話すこともできるし、何かあれば伝えるチャンスもあるよ」

「私も彼《かれ》に悪い印象は抱いていない。人となりはまだ分からないけど、魔法と浄化は評価している」

　メルトリーゼは再び無表情に戻《もど》り、淡々と言い放つ。とても愛想《あいそ》のないように見えるが、付き合いの長い神々には〝聞きたいことを聞いて満足した〟と分かった。

「では、本題に戻るか。こちらもメルトリーゼの意見が聞きたかったところでな」

「状況の確認《かくにん》も兼《か》ねて、私が説明しよう」

　ガインの言葉を、フェルノベリアが割《わ》り込むように引き継《つ》いだ。

　そして行われた説明の要点をまとめると……
・問題はフェルノベリアが管理している聖地の1つ〝シュルス大樹海〟で起きている。
・原因は1匹《ぴき》の魔獣の存在。
・最初は普通の魔獣だったが、樹海の魔力を取り込むことで急成長。
・つい先日、警戒《けいかい》が必要な能力を身につけてしまった。
　このような内容になる。

「この能力というのが〝死者の魂をその土地に縛《しば》り付ける〟というものだ」

「……魂への干渉《かんしょう》……それは私達にとっても禁忌《きんき》」

「その通り。現時点ではまだそれほどの力はないが、いずれ地球の神のようなことを可能にする力を身につける可能性がある。そうでなくとも看過はできない」

「ただ、問題はシュルス大樹海の〝性質〟なんだよねぇ」

何気なく告げられたセーレリプタの一言に、フェルノベリアは頬《ほお》をピクリと動かしたものの、それを認めて説明を続けた。

「通常、聖地にはその環境を保全するため、侵入者《しんにゅうしゃ》などを排除《はいじょ》するための番人として〝神《しん》獣《じゅう》〟を配置するものだが、シュルス大樹海には配置をしていなかった」

神獣は聖地の環境を守る番人の役割を果たすが、生命維持《いじ》に多くの魔力を必要とする。故にフェルノベリアは聖地の生態系そのものを調整し、外来種の魔獣や人類が排除される〝生存競争の激しい過酷《かこく》な環境〟を作ることで、環境保全を行う仕組みを模索《もさく》していた。

その事実はメルトリーゼも知っていたが、彼女は問題が理解できないと言いたげに、また首を傾げた。

「排除は簡単なはず」

「そりゃ、アタシが雷《かみなり》を落としてやれば解決はするよ。ただ、問題は魔力の生産量なんだ。メルトリーゼは寝てたから知らないだろうけど、今のシュルス大樹海は世界中の聖地の中でも、魔力の生産量が多い方になっててさ」

今回は問題が起きてしまったが、フェルノベリアが構築した環境保全システムは、外来種や人類のような外的要因には十分な対処能力を持っていた。そのため〝神獣を使わずに魔力の消費を抑《おさ》える〟という目標を達成するだけでなく、長い年月を重ねて聖地自体が拡大し、生み出される魔力量も膨大《ぼうだい》になっている。

キリルエルがそう説明すると、メルトリーゼはズバリ一言。

「つまり、魔力が惜《お》しい」

「そういうことです。私達が手を下すと、少なからず周囲の環境も破壊《はかい》してしまいますから……」

「地球の神と取り引きをしてようやく現状を維持している状況を鑑《かんが》みると、踏《ふ》ん切りがつかなくてな」

ウィリエリスとテクンの言葉通り、神々は地球の神との関係を考えていた。

リョウマの件で地球の神の悪行が判明した以上、今すぐにでも手を切りたい。しかし、今はそうする余裕が彼らにはない。虚勢《きょせい》を張って関係を断《た》ち切れば、魔力と魔法の存在を前提として生きる世界中の命と共に、緩《ゆる》やかに衰退《すいたい》していくだろう。

それならせめて、次までに時間を稼《かせ》いで距離《きょり》をおきたい。可能ならば根本的な魔力不足を解決したい。だからこそ多量の魔力を生み出せるシュルス大樹海は、簡単に手放すことのできない、重要度の高い聖地の1つになる。

「そういうわけでな、対応に苦慮《くりょ》しておったんじゃよ」

「理解した。でもひとつ聞きたい」

「なんじゃ？」

「このこと、リョウマ・タケバヤシは知っている？」

「いや、最後に会ったのがまだ調査中の時じゃったからな。出発前に一度は挨拶《あいさつ》にくるじゃろうから、その時に話すつもりじゃよ。顔を合わせるのに教えないのは、気持ちが悪いからのぅ」

「例の魔獣《まじゅう》はよりにもよって、リョウマ君が向かう〝コルミ村の跡地《あとち》〟にいるんだもの。行ったら遭遇《そうぐう》確実となれば、なおさらにね」

「いっそ、リョウマ君にその魔獣をどうにかしてもらえばぁ？」

軽い調子で言い放ったセーレリプタに、神々の厳しい視線が突き刺《つさ》さるが、

「私もそう考えた」

ここで、メルトリーゼが同意を示し、続けて断言した。

「私達が動けば、どう転んでもその影響は甚大《じんだい》。人間であるリョウマ・タケバヤシが個人で動けば、結果がどうであれ被害《ひがい》は軽微《けいび》で済む。セーレリプタの言動は軽い。でも、判断には一定の妥当性《だとうせい》がある。

また、件の魔獣と戦うのであれば、高い戦闘《せんとう》能力だけでなく精神攻撃《こうげき》への耐性《たいせい》が必要。

それがなくては戦いにすらならない。リョウマ・タケバヤシはそれらの条件を満たしている。私達が手を出すのは、リョウマ・タケバヤシの行動の結果を見てからでも遅《おそ》くはない」

この意見を聞いた神々は、沈黙《ちんもく》してしまう。

彼女の主張は、正しかった。神々は強大な力を持っているが故に、ひとたび世界に干渉すれば否応《いやおう》なく、大きすぎる影響を与えてしまう。どう動いても多くの命を巻き込み、失わせる。だからこそ、安易には動けない。

リョウマなら世界への影響が少なく、魔獣と戦うことができるというのも、客観的に見て事実である。ただし、相当に危険であり、そのリスクはリョウマが負うことになる。

「……私は反対だ」

「フェルノベリア、貴方《あなた》は賛成すると思った」

「リョウマに対して一切の情が湧いていないと言えば、嘘《うそ》になる。きわめて珍しい事例だが、神託《しんたく》などの一方的なやり取りではなく、〝交流〟を続けてきたからな。だが、私が反対している理由はそこではない。

これは私の管理している聖地で起きた、我々、神の問題だ。リョウマに限らず、人間を関《かか》わらせるべきではないだろう。この世界の生命は既《すで》に我々の手から離《はな》れ、自らの力で生き始めているのだ」

「完全に干渉を断つという話ではなかったはず。リョウマ・タケバヤシ個人に直接話をすれば、人類への干渉は必要最小限。それに、私はリョウマ・タケバヤシを普通の人間と等しく扱うことにも疑問がある。主に〝神界と下界を行き来できる〟という点で。

普通の人間は、たとえ転移者であっても、死と誕生という過程が不可欠。それを彼は、私達《たち》に呼ばれるという条件があるものの、事実として生きたまま、何度も移動を行っている。この時点で私は、リョウマ・タケバヤシが既に、私達側の存在に半歩足を踏み入れていると見ていいと考える。魔獣討伐《まじゅうとうばつ》を頼《たの》むのも1つの手段」

「いやいや、それは流石《さすが》に暴論でしょう。確かにリョウマ君が神界に来れることは、僕らも驚《おどろ》いたし、色々調べたよ。だからこそ分かるけど、彼は特殊《とくしゅ》だけど人間だよ。それは間《ま》違《ちが》いない」

「でもさー、頼んでみるくらいは別にいいんじゃない？」

「セーレリプタ、あまり軽々しく言うものじゃありませんよ。神託を受けた人間の反応くらい知っているでしょう？　大多数の人間は、私達の頼みを断れません」

「まぁ、リョウマは少し事情が違うが〝どうせ向かう先だから〟とか言って、簡単に引き受けちまいそうだしな……俺も気が進まねぇや」

「……アタシはどちらかというと賛成寄りだ。確かに気は進まないけど、魔獣は放っておけないし、その方が影響が少ないのも事実だと思う。それに、戦いに身を置くなら、危険なんて当たり前だろう？」

「しかしのぅ――」

神々の話し合いは徐々に熱が入り、喧々諤々《けんけんがくがく》としたものになっていく。この話の結論が出るまでには、まだ長い時間がかかるだろう……

あとがき

こんにちは、〝神達に拾われた男〟作者のＲｏｙです！

読者の皆様、「神達に拾われた男　13」のご購入ありがとうございました！

波乱の年末を乗り越えたリョウマは新たな年を迎え、大樹海という目標に向けて再出発。一気に冒険者としてランクを上げて、事前準備も大詰めを迎え、新たな土地では新たな出会いと経験、そして学びがあった様子。

リョウマは引き篭もっていた森を出てから、多くの物や出来事を見聞きしたと思いますが……どうやらリョウマの知る世界はまだまだ狭く、見るべき物、学べることは沢山あるようです。

新しい環境に身を置くということは、楽しいことばかりではなく、ときには困難に立ち向かう必要もあります。しかし、リョウマは結んだ縁に助けられながら、これからもゆっくりと成長していくことでしょう。

そんなリョウマの異世界生活はまだまだ続きますので、これからも皆様にリョウマの成長を見守っていただけたら幸いです。

HJ NOVELS
HJN27-13

神達に拾われた男 13

2023年4月19日　初版発行

著者——Roy

発行者—松下大介
発行所—株式会社ホビージャパン
〒151-0053
東京都渋谷区代々木2-15-8
電話　03(5304)7604（編集）
　　　03(5304)9112（営業）

印刷所——大日本印刷株式会社

装丁——coil／株式会社エストール

ISBN978-4-7986-3162-2　C0076